Tim Bowler • Escape • Lauf, so weit du kannst!



cbt

Foto: © Privat

## DER AUTOR

DER AUTOR

Tim Bowler ist einer der beeindruckendsten und originellsten Jugendbuchautoren in Großbritannien. Er wurde 1953 in Leigh-on-Sea geboren. Nach seinem Studium arbeitete er in der Forstwirtschaft und als Lehrer und Übersetzer, bevor er sich ganz dem Schreiben zuwandte. Tim Bowler hat bisher acht Bücher veröffentlicht und zwölf Auszeichnungen erhalten, darunter die prestigeträchtige Carnegie Medal für seinen Titel »River Boy«. Seine Serie *Escape* wurde in der englischen Presse als bahnbrechend gefeiert.

*Weitere lieferbare Titel von Tim Bowler bei cbt:*
**ESCAPE – Fall bloß nicht auf!** (Band 1, 30873)
**ESCAPE – Flieh, so schnell es geht!** (Band 2, 30874)
**ESCAPE – Zeig keine Angst!** (Band 4, 30875)

Tim Bowler

# ESCAPE

## Lauf, so weit du kannst!

Aus dem Englischen
von Renate Weitbrecht

cbt

cbt

cbt ist der Jugendbuchverlag in der
Verlagsgruppe Random House

MIX
Papier aus verantwortungsvollen Quellen
FSC® C014496

Verlagsgruppe Random House FSC® N001967
Das für dieses Buch verwendete
FSC®-zertifizierte Papier *München Super Extra*
liefert Arctic Paper Mochenwangen GmbH.

1. Auflage
Erstmals als cbt Taschenbuch Oktober 2013
Gesetzt nach den Regeln der Rechtschreibreform

Die englische Originalausgabe erschien 2009
unter dem Titel »Blade: Breaking Free«
bei Oxford University Press.

Übersetzung: Renate Weitbrecht
Lektorat: Frauke Heithecker
Umschlaggestaltung: init.büro für Gestaltung,
Bielefeld unter Verwendung der Motive von
Elisa Lazo/Arcangel Images
he · Herstellung: kw
Satz: KompetenzCenter, Mönchengladbach
Druck und Bindung: GGP Media GmbH, Pößneck
ISBN: 978-3-570-30828-8
Printed in Germany

**www.cbt-jugendbuch.de**

Für Rachel
in Liebe

Hast du dich je gefragt, wo du landest, wenn du tot bist, Bigeyes? Dann pass gut auf. Denn ich war an diesem Ort. Und so unglaublich es klingen mag, ich bin immer noch dort.

Und es könnte sein, dass ich nicht mehr zurückkomme.

Das hängt nicht von mir ab. An diesem Ort bin ich machtlos. Da sind nur ich und der Tod. Und mit dem ist nicht zu spaßen. Er ist der Boss.

Aber wie es dort ist? Ich werd's dir sagen, Bigeyes.

Also da sind keine Lichter oder himmlische Stimmen. Nichts dergleichen. Nur eine Menge Erinnerungen. Es ist genau so, wie die Leute sagen. Erinnerungen blitzen auf und rasen in Bildern an einem vorbei.

Das passiert gerade. Ich sehe Leute, Orte und Dinge, die ich getan habe. Mein ganzes Leben läuft wie ein Film vor mir ab. Und das schmerzt.

Denn ich will es gar nicht sehen.

Jedenfalls das meiste nicht. Vielleicht ein paar Ausschnitte. Die Zeit mit Becky.

Bring jetzt nichts durcheinander, Bigeyes, denn es gibt zwei Beckys. Eine liebe und eine fiese. Die erste ist die, die gestorben ist. Das ist die liebe Becky. Die zweite ist die, die hätte sterben sollen. Das ist die fiese Becky – die blöde Tussi.

Die, die mir vorgemacht hat, die kleine Jaz wäre ihr Kind. Aber das war gelogen. Ich wüsste viele Namen für diese Tussi. Aber wir werden sie Bex nennen, okay? Damit in deinem Kopf keine Verwirrung entsteht, denn du kommst leicht durcheinander, stimmt's, Bigeyes?

Becky und Bex, der Schatz und die verlogene Tussi, kapiert?

Ich hab Bilder der lieben Becky gesehen. Ihr schönes Gesicht, diese Augen. Ihr Haar hat immer geglänzt. Hab ich dir das schon gesagt? Und es hat irgendwie gut gerochen.

Sogar an dem Tag, an dem sie gestorben ist, hat sie geduftet wie eine Blume. Und wie eine ausgesehen.

Ich vermisse sie, Bigeyes. Ihr Bild ist das einzige, das ich sehen will. Aber ich kann mir die Erinnerungen nicht aussuchen. Ich muss auch die anderen über mich ergehen lassen. Sie prasseln auf mich ein wie ein Platzregen. Der Tod gönnt mir keine Pause.

Und da ist noch was.

Was ich sehe, ergibt keinen rechten Sinn. Es ist komisch,

Bigeyes. All diese Erinnerungen, all diese Bilder sind verschwommen. Ich dachte, im Wartezimmer des Todes wäre alles klar.

Aber nichts ist klar. Ich sehe Dinge, an die ich mich erinnere, doch ich erinnere mich nicht. Klingt absurd, was? Es sind Erinnerungen, die eigentlich keine sind. Dinge, die ich getan, aber vergessen habe.

Besonders das frühe Zeug.

Das ist wirklich schlecht zu sehen. Ich sehe Bruchstücke, aber das meiste ist irgendwie undeutlich, als wäre es fast eine Erinnerung, aber doch nicht ganz. Vielleicht ist das sogar gut. Ich habe mich nie gern erinnert.

Aber wenigstens kommt alles in der richtigen Reihenfolge, ohne Zeitsprünge. Es beginnt mit Tag eins. Und da ist schon das erste Problem. Denn der erste Tag ist nur ein Schatten. Ich kann mich nicht an ihn erinnern. Ich kann ihn nicht klar sehen. Aber ich kann ihn spüren. Und das ist das zweite Problem.

Denn ich sage dir, das war ein Tag voller Ärger.

So war es, Bigeyes. Der Ärger begann bereits am ersten Tag.

Frag mich nicht, wie ich das weiß.

Es kommen immer mehr Bilder. Das erste Lebensjahr, dann das zweite, das dritte und so weiter. Ich mag die

Bilder nicht sehen, aber es kommen ständig neue. Sie hören einfach nicht auf. Der Tod ist wirklich gemein.

Das siebte Lebensjahr.

Ich stehe auf dem Fußgängerüberweg, halte den ganzen Verkehr auf und beschimpfe die Autofahrer. Alles läuft noch mal vor mir ab. Doch es kommt mir irgendwie anders vor, als ich es in Erinnerung habe. Was daran anders ist, bin ich.

Ich bin anders.

Denn ich bin in dieser Szene nicht nur ein siebenjähriges Kind. Ich bin ein Kind, das sieben Jahre gelebt hat. Und das ist keineswegs dasselbe. Nicht seit ich soeben diese sieben Jahre noch mal vorgeführt bekam und gesehen habe, was in ihnen los war, wer in ihnen vorkam und was in ihnen passiert ist.

Auch im siebten Lebensjahr gibt es Schatten, Dinge, die ich nicht sehen kann, Dinge, die ich verdrängt habe, weil ich mich nicht an sie erinnern will. Oder vielleicht haben diese Dinge mich verdrängt. Keine Ahnung. Das macht keinen großen Unterschied.

Es ist so oder so übel.

Ich sehe dieses Kind auf dem Fußgängerüberweg, als würde ich jemanden beobachten, den ich vorher nicht kannte. Aber mir bleibt keine Zeit, darüber nachzudenken, denn es kommen bereits weitere Bilder.

Das achte Lebensjahr, und dann die Veränderung, die große Veränderung. Es war davor schon übel, aber nun wird es noch übler. Neue Orte, neue Gesichter, neue Gefahren. Große neue Gefahren. Aber auch ich werde gefährlich. Das kannst du mir glauben. Auch ich werde gefährlich.

Und es beginnt mir zu gefallen.

Das neunte Lebensjahr, das zehnte. Weitere Veränderungen. Ich begegne Becky, der lieben Becky. Endlich erfreuliche Bilder, aber auch neue Gefahren, neue Gesichter. Die meisten kann ich nun erkennen. Da sind nicht mehr viele Schatten. Die Erinnerungen vor dem siebten Lebensjahr waren verschwommen. Doch diese späteren Bilder sehe ich klar.

Und sie gefallen mir nicht.

Da sind mir die Schatten fast lieber. Sie bedeuten nichts Gutes, aber wenigstens kann ich nicht erkennen, worum es sich handelt. Diese anderen Bilder kann ich nicht übersehen. Jedes ist wie das Messer, mit dem Trixis Bruder mir den Kopf aufgeschlitzt hat.

Und sie kommen zu schnell. Ich will dem Tod sagen, dass er langsamer machen soll, aber ich traue mich nicht. Wie gesagt, mit ihm ist nicht zu spaßen.

Das zehnte Lebensjahr. Ja, ich sehe immer noch das zehnte Lebensjahr. Es dauert, bis das durchgelaufen ist, weil darin so viel passiert ist. Zu viel. Es wird zur Qual. Ich will da raus. Ich verliere allmählich den Verstand. Das einzig Gute ist Becky.

Dann verliere ich auch sie.

Das elfte Lebensjahr. Die Zeit, in der es hart auf hart kam, in der alles zu viel wurde. Und dann bin ich weg.

Nur dass ich nicht weg bin. Ich bin fortgelaufen, habe den alten Ort weit hinter mir gelassen. Ich habe mich in die Stadt geflüchtet und tot gestellt. Ich hielt das für eine gute Idee. Aber ich hätte es besser wissen sollen. Es war eine Schnapsidee. Drei Jahre lang ging es gut.

Aber sie mussten mich irgendwann finden.

Und bei diesen Typen nützt Totstellen nichts. Der einzige Tod für sie ist der richtige Tod. Und der ist nicht gestellt. Denn der Tod ist kein Spiel. Nicht für diese Typen.

Es kommen immer mehr Bilder. Je näher ich dem Augenblick komme, in dem mich das Messer getroffen hat, desto besser scheine ich alles zu sehen. Vielleicht liegt das nur daran, dass es noch nicht so lange her ist. Aber das glaube ich nicht. Der Tod achtet nicht darauf, wie er einem was vorsetzt. Er knallt es einem einfach vor den Latz. Und jetzt lässt er den Film so schnell ablaufen, dass ich kaum noch mitkomme.

Da sind die Plätze in der Stadt, wo ich gepennt habe, als ich noch auf der Straße lebte. Die Verlierer, mit denen ich in Gassen, Hauseingängen, Schuppen und Ruinen herumhing, nachdem ich mitbekommen hatte, wo sie so hingingen.

Dann fand ich meine eigene Art, mich durchzuschlagen, und meine Hütten.

Die Häuser, Wohnungen und anderen Räumlichkeiten, in denen ich es mir gemütlich machte. Von allen schießen mir Bilder durch den Kopf. Und von den Leuten, die ich gesehen habe. Von den Schlägern, denen ich in der Stadt aus dem Weg ging. Und von den Gangs, die mich in die Mangel nahmen.

Wie Trixis Bande.

Und dann Mary. Die weißhaarige alte Mary mit dem verrückten Hund. Ich sag dir noch was über den Tod, Bigeyes. Er ist unfair. Nun, da er mich bekommen hat, könnte er mir ja sagen, was an jenem Tag in dem Bungalow passiert ist.

Aber nein.

Wie gesagt, er ist echt gemein.

Er zeigt mir noch mal das Haus und die Typen. Ich sehe, wie sie einbrechen. Paddy und sein Kumpel und der dicke, haarige Kerl. Ich sehe mich wegrennen und höre wieder die Schüsse. Zweimal knallt es laut in meinem Kopf.

Peng! Peng!

Aber ich kann immer noch nicht sehen, was in dem Bungalow passiert ist. Warum zeigt der Tod mir das nicht?

Weil er es nicht erwarten kann, mir die nächsten Bilder vorzusetzen. Trixis Leiche auf dem Fußboden. Paddy, der mit einem hämischen Grinsen an der Tür steht. Die panische Becky, die das Fenster einschmeißt, durch das wir beide fliehen.

Aber ich weiß immer noch nicht, was mit Mary passiert ist. Denn alles bewegt sich wieder. Da sind ich und Bex und nun auch die kleine Jaz. Ich weiß noch nicht, dass sie Trixis Kind ist. Bex hat mir erzählt, Jaz wäre ihr Kind. Aber das war gelogen.

Der Film läuft weiter. Bex verschwindet, Jaz verschwindet. Ich finde beide wieder. Aber ich treffe auch auf die Mädchenbande. Und auf Riff. Und auf Dig, Trixis Bruder, den Obermacker mit dem Messer.

Und die Typen sind auch immer noch hinter mir her. Paddy ist weg, aber es sind immer noch fünf übrig. Und ich bin jetzt verletzt. Digs Messer hat mir die Stirn aufgeschlitzt. Ich werde ohnmächtig. Und ab hier wird alles dunkel.

Was sind meine letzten Erinnerungen?

Ein Messer, das wie ein kühler Wind auf mich zu saust. Ein brennender Schmerz in meinem Kopf. Die Tussis aus der Mädchenbande schreien. Riff hält Abstand. Dig grinst.

Die ganze Bande treibt mich mit Tritten und Schlägen zum Flussufer rüber. Ich stolpere zum Lagerhaus. Die Typen umzingeln mich.

Ein Gedanke schwirrt mir durch den Kopf. Ich bin erst vierzehn und werde sterben.

Dunkelheit. Dann Schüsse.

Peng! Peng!

Zweimal, wie vorher beim Bungalow. Und dann die Stimme.

Sie sagt meinen Namen. Den Namen, den die liebe Becky mir vor langer Zeit gab. Nur dass die Person, die da spricht, diesen Namen eigentlich gar nicht kennt. Das weiß ich, weil ich die Stimme wiedererkenne. Sie ist das Letzte, woran ich mich erinnere, bevor ich hier gelandet bin. Ich flippe gleich aus, Bigeyes.

Denn nun spricht die Stimme erneut. Ich höre sie just in diesem Augenblick. Sie nennt mich wie vorhin bei meinem Namen.

»Blade«, sagt sie.

Mir läuft es kalt den Rücken runter.

Denn die Person, die da spricht, ist auch tot.

»Blade«, sagt die Stimme.

Es ist Mary, die weißhaarige Alte mit dem verrückten Hund. Aber Mary ist tot.

»Sie sind tot«, murmele ich.

»So tot wie du«, antwortet sie.

Stille. Keine Stimmen mehr, nur das Schwirren meiner Gedanken. Dann ein anderes Geräusch. Eine Art Brummen. Ich kann es nicht einordnen.

»Sie sind tot«, sage ich wieder.

Diesmal antwortet sie nicht. Aber da ist immer noch dieses Brummen. Es ist nicht laut, nur ein seltsames, dumpfes Hintergrundgeräusch. Und etwas bewegt sich. Vielleicht bin ich das.

Nein, ich bin es nicht. Es ist etwas anderes.

Aber ich bewege mich mit ihm.

Die Bilder haben aufgehört. Jetzt ist es nur noch dunkel und ich beginne über den Tod nachzudenken. Dunkelheit und dieses Brummen. War's das? Verliere ich jetzt den Verstand? Vielleicht war das vorhin noch nicht der Tod. Vielleicht war das nur der Weg hinein. Und jetzt hat sich die Tür hinter mir geschlossen. Und es gibt kein Licht hier drinnen.

Oder vielleicht …

Eine andere Stimme, irgendein Typ. Er murmelt was. Nein, er brüllt. Es klingt nur wie Gemurmel, weil er weit weg ist. Er ruft was, aber ich verstehe es nicht.

Oder bin ich es, der weit weg ist? Denn ich weiß nicht, wo ich bin, Bigeyes. Ich bin wie weggebeamt, und ich habe Angst. Es ist, als hätte ich mich in eine Million Teilchen aufgelöst, die alle so winzig sind, dass ich sie nicht sehen kann. Oder vielleicht bestehe ich nicht mal mehr aus Teilchen. Vielleicht bin ich jetzt nichts. Vielleicht existiere ich gar nicht mehr.

Dann passiert es. Die Erschütterung, der Schmerz, die Explosion. Das grelle Licht in meinem Kopf. Ein Bild taucht vor meinen Augen auf. Ich sehe das Innere eines Krankenwagens und zwei dunkelhäutige Sanitäter, die sich über mich beugen.

Und Mary.

Dann herrscht wieder Dunkelheit. Gedanken rasen mir durch den Kopf. Mir tut alles weh. Der Schmerz bohrt sich durch meinen ganzen Körper.

»Aua!«

Jemand schreit.

»Alles wird gut«, sagt eine Stimme.

Noch ein Schrei. Verdammt, das bin ich.

»Alles wird gut«, sagt die Stimme wieder. »Wir sind gleich da.«

Einer der Sanitäter redet. Aber dann höre ich wieder Mary.

»Blade«, flüstert sie mir mit sanfter Stimme ins Ohr. »Du kommst wieder in Ordnung.«

Fragen schießen mir durch den Kopf. Sie quälen mich

fast mehr als die Wunde selbst. Mary hat wieder diesen Namen benutzt. Dabei habe ich ihn ihr nie genannt. Was ist da im Gange?

Ich versuche mich zu erinnern, was war, bevor mich das Messer traf. Ich sehe den alten Kahn am Flussufer. Ich sehe die gefesselte Bex. Ich sehe die Mädchenbande. Ich sehe Tammy und Sash, und Xen und Kat. Ich sehe Trixis Bruder Dig, den Obermacker. Und Riff, seinen schleimigen Kumpel.

Aber der Film läuft bereits weiter. Ich sehe die kleine Jaz in der Kabine, und sie schreit, weil sie Angst vor mir hat. Und dann das Messer. Es zerschneidet die Luft und schlitzt mir den Kopf auf. Blut läuft mir in die Augen. So wie jetzt.

»Blut! Blut!«

»Ganz ruhig, Junge.«

Wieder die Stimme des Sanitäters. Sie klingt besänftigend. Aber was kann er schon tun? Ich dachte, ich sei tot. Ich war es fast. Ich bin es fast. Die können mich da nicht rausholen. Ich drifte weg. Die können mich nicht mehr zurückholen. Keine Chance.

Wieder eine Erschütterung, eine Explosion, ein greller Schmerz.

Meine Brust schnürt sich zusammen. Ich schreie und richte mich auf, mit aufgerissenen Augen. Ich starre in

Gesichter und sie starren zurück. Ich sehe die Fahrerkabine des Krankenwagens, den Mann am Steuer und eine Frau neben ihm, die sich umgedreht hat. Ich sehe die Sanitäter, die mich behutsam wieder runterdrücken.

Und Mary.

Und jetzt noch mehr Gesichter. Nur dass sie nicht hier im Krankenwagen sind. Ich weiß, dass sie nicht real sind. Ich sehe Becky aus der Vergangenheit, die schöne, liebe Becky. Und die kleine Jaz. Und dann Bex.

»Nicht du, du blöde Tussi«, schreie ich.

»Ich bin hier«, antwortet sie.

»Nicht du!«

»Blade …«

Es ist nicht Bex, die da spricht, sondern Mary.

Ich sacke zurück. Der pochende Schmerz ist immer noch da und wird schlimmer. Ich stöhne. Ich will nicht mehr. Ich wünschte, ich könnte einfach wegdriften, irgendwohin, wo all das aufhört.

Ich spüre, wie Hände mich berühren. Ich hasse das. Ich hasse Hände. Und sie bringen die Bilder zurück.

»Aua!«

»Wir verlieren ihn«, ruft einer der Sanitäter hektisch. »Schnell.«

Noch mehr Hände. Etwas wird mir über den Mund gestülpt. Es wird wieder dunkel. Eine Sirene heult laut.

Dann wird sie leiser.

Es ist immer noch dunkel. Mehrere Stimmen reden auf einmal, aber jetzt nur noch gedämpft. Ich kann nicht mal verstehen, was sie sagen. Ich weiß nur, dass sie über mich reden. Warum ist der Schmerz immer noch da, obwohl ich nun wegdrifte?

Ja, ich drifte weg.

Und das ist gut. Es ist angenehm. So wie wenn ich mich in irgendeiner Hütte in eine Decke einhülle und weiß, dass die Bewohner vorerst nicht zurückkommen, dass diese Hütte für ein paar Stunden mein Zuhause ist, wo ich mich ausruhen und alles vergessen kann, wo ich nicht mehr ich sein muss.

Nicht mehr Blade.

Aber warum ist der Schmerz immer noch da? Er sollte doch aufhören, wenn man stirbt. Man verliert seinen Körper und ist alle Schmerzen los. Aber ich habe meinen Körper verloren und spüre den Schmerz immer noch. Und er wird schlimmer.

Jetzt kehren die Geräusche zurück. Die Stimmen. Und sie sind nicht gedämpft, sondern brüllen. Und die Sirene heult. Alles ist so laut. Selbst ich schreie. Ja, ich schreie und schreie. Denn plötzlich weiß ich, was ich wirklich will.

Ich will leben, Bigeyes. Ich will zurück ins Leben.

Und zwar sofort.

Schwarze Stille. Ja, schwarz. Sie hat eine Farbe.

Und wieder hat sich alles verändert. Ich bin woanders. Aber ich weiß nicht, wo. Ich weiß nur, dass es hier finster ist. Und still. Und ich bin jetzt klar im Kopf. Glaub mir, Bigeyes. Ich bin hellwach.

Ich blicke mich um und horche.

Immer noch schwarze Stille. Keine Stimmen, keine Sirenen, keine Motorengeräusche. Ich höre nicht mal meine eigenen Atemzüge. Aber ich spüre, dass meine Brust sich hebt und senkt und dass meine Augenlider zucken, während ich in der Dunkelheit etwas zu erkennen versuche.

Nichts.

Nur schwarze Stille.

Und ich. Ich überlege.

Ich liege irgendwo in einem Bett. Das habe ich schon rausgefunden. Aber ich weiß nicht, wo. In einem Krankenhaus vielleicht. Sie müssen mich mit dem Krankenwagen irgendwohin gebracht haben. Es muss ein Krankenhaus sein, auch wenn es sich nicht so anfühlt.

Die Erinnerungen sind zurückgekommen. Aber sie sind jetzt anders. Oder sie sehen anders aus. Vorher rasten die Bilder an mir vorbei. Das lag vielleicht daran, dass ich dem Tod nahe war. Jetzt geistern sie mir nur durch den Kopf. Ich kann sie nicht mal richtig sehen. Da ist zu viel Dunkelheit. Ich spüre nur, dass sie vorbeiziehen wie Wolken.

Und ich frage mich allmählich wieder, ob ich doch tot bin.

»Blade«, sagt eine Stimme.

Ich schrecke zusammen. Es ist Mary, die da spricht. Und sie ist ganz nah.

Ich spüre was, eine Hand. Sie berührt meinen Arm. Das kann ich nicht leiden. Ich versuche, den Arm wegzuziehen und die Hand abzuschütteln. Aber ich kann keinen Muskel bewegen. Das ist gar nicht gut. Aber die Hand verschwindet.

Und die Stimme kommt zurück.

»Du bist schwer verletzt«, sagt sie. »Eine Schnittwunde von einem Messer, quer über der Stirn und sehr tief. Der Arzt sagt, deine Schläfenarterie wurde getroffen. Sie haben dich wieder zusammengeflickt, aber du hast eine Menge Blut verloren. Deine Klamotten waren so durchtränkt, dass sie sie wegwerfen mussten. Aber zumindest bist du noch am Leben.«

»Wo bin ich?«

»In einem Krankenhaus.«

»Wer ist noch hier im Raum?«

»Nur du und ich.«

»Keine anderen Patienten?«

»Nein, du hast das Zimmer für dich allein.«

»Es ist dunkel.«

»Du hast einen Verband über den Augen.«

Wieder Stille. Ich bin froh darüber, denn mein Gehirn arbeitet wieder. Noch nicht besonders schnell, aber es arbeitet. Ich weiß, dass es mich übel erwischt hat. Gut, ich lebe noch. Und ich bin in einem Krankenhaus. Aber ich kann mich nicht bewegen. Ich bin also immer noch völlig hilflos.

Zu viele Leute sind hinter mir her, Bigeyes. Und erzähl mir nicht, dass Mary die Einzige ist, die weiß, dass ich hier bin. Was ist mit Lenny und dem Dicken und den anderen? Die müssen irgendwo in der Nähe sein.

Ich muss rausfinden, was passiert ist. Und zwar schnell, bevor ich abgemurkst werde.

»Sie haben mich Blade genannt«, sage ich zu Mary.

Meine Stimme hört sich fremd an.

Keine Antwort. Aber ich weiß, dass Mary noch da ist. Ich kann ihre Nähe spüren. Warum antwortet sie dann nicht? Ich höre eine Bewegung. Jemand ist dazugekommen. Das gefällt mir nicht. Ich muss versuchen, den Verband loszuwerden.

»Finger weg.« Eine andere Frauenstimme. Sie klingt munter und energisch. Das muss eine Krankenschwester sein. »Ich nehme dir den Verband ab, wenn du willst.

Aber zupf nicht daran herum. Und deinen anderen Arm sollst du überhaupt nicht bewegen. Da steckt die Infusionsnadel für den Tropf drin.«

Ich antworte nicht. Ich bin nur froh, dass ich meinen Arm wieder bewegen kann. Einen Augenblick dachte ich, das ginge nicht mehr.

»Also dann«, sagt die Frau.

Wieder wird mein Arm angefasst, fester als vorhin von Mary. Ich spüre, wie meine Hand aufs Bett gelegt wird. Dann nehme ich um meine Augen ein schwaches Licht wahr. Aber obwohl der Verband jetzt ab ist, kommt es mir dunkel vor.

»Kannst du uns sehen?«, fragt Mary.

Nur ungefähr. Die Krankenschwester beugt sich über mich. Mary sitzt am Bett. Die beiden sehen aus wie Gespenster. Ich vielleicht auch.

»Können Sie den Tropf wegmachen?«, murmele ich.

Die Krankenschwester schüttelt den Kopf.

»Den lassen wir noch eine Weile dran. Er ist nicht mehr lebenswichtig, nun da du über den Berg bist, aber zur Sicherheit bleibt er vorerst noch dran. Also fummle nicht daran herum, okay?«

»Wie lange bin ich schon hier?«

Die beiden sehen einander an, als wüssten sie nicht, wer antworten soll. Die Krankenschwester zieht einen

Stuhl ran und setzt sich neben Mary. Das passt mir nicht. Ich will nur Mary dahaben. Ich muss wissen, was passiert ist. Und wie viel Zeit mir noch bleibt, bevor meine Feinde hier auftauchen.

Mary antwortet.

»Du wurdest gestern mit Blaulicht hierhergebracht. Du wurdest sofort operiert und bekamst eine Bluttransfusion. Seither warst du die meiste Zeit bewusstlos.«

Es strengt mich an, die beiden anzusehen. Mir fallen immer wieder die Augen zu. Und mir tut alles weh, besonders die Stirn. Ich wünschte fast, die Krankenschwester würde den Verband wieder anlegen. Aber das kann ich nicht zulassen. Es gibt zu viel zu tun.

Ich muss nachdenken.

Gestern, Bigeyes. Seit gestern bin ich hier. An den Krankenwagen erinnere ich mich verschwommen, aber weder an die Operation noch an sonst irgendwas, das seither los war. Das ist schlecht, sage ich dir. Was ist passiert, während ich bewusstlos hier rumlag? Wer außer Mary hat sonst noch nach mir geschaut?

Und wer wartet draußen auf meine Entlassung?

Ich muss hier raus. Aber ich kann nicht einfach davonrennen. Erstens fehlt mir dazu die Kraft. Und zweitens darf ich kein Aufsehen erregen. Ich muss mich rausschleichen. Die Frage ist, wie schwach mein Körper ist. Ich kann die Arme und den Kopf bewegen. Aber was ist mit dem Rest? Ich habe noch nicht mal versucht, aufzustehen.

»Du brauchst Ruhe«, sagt die Schwester.

»Ich will reden.« Ich deute mit dem Kopf auf Mary. »Mit ihr.«

»Morgen Vormittag. Wenn du ein bisschen mehr geschlafen hast.«

»Ich will mit ihr reden.«

Ich spüre, wie mir die Augen zufallen. Ich versuche, sie offen zu halten, aber es ist zwecklos. Sie schließen sich von selbst. Ich höre mich weiterreden.

»Ich möchte, dass sie mit mir spricht.«

Dann Marys Stimme.

»Ich werde ein Weilchen mit ihm reden, wenn er das möchte. Falls das möglich ist.«

»Er schläft bereits ein«, sagt die Schwester.

»Nein, ich bin noch wach«, sage ich.

»Ich werde trotzdem bei ihm bleiben, wenn ich darf«, sagt Mary. »Nur ein paar Minuten.«

Ich höre, dass ein Stuhl weggeschoben wird. Hoffentlich geht die Schwester und nicht Mary. Ich mache die Augen nicht auf. Ich warte nur. Wieder spüre ich eine Hand auf meinem Arm. Sanft wie vorhin. Es ist eindeutig Marys Hand. Ich mag das immer noch nicht, aber ich bin froh, dass sie da ist, dass Mary da ist.

Ich lasse die Augen zu.

»Mary?«

»Ja, Schätzchen?«

»Ist es Nacht?«

»Nun, jedenfalls spät am Abend.«

»Es fühlt sich dunkel an.«

»Draußen ist es längst dunkel. Und kalt, selbst für November.«

Die Hand beginnt meinen Arm zu streicheln. Ich schüttele ihn leicht. Da verschwindet die Hand.

»Du magst es wohl nicht, wenn man dich anfasst«, sagt sie.

Ich antworte nicht. Ich weiß eh nicht genau, ob es eine Frage war.

Ich denke jetzt schneller. Ich bin hundemüde, aber ich werde nicht schlafen, egal was die Krankenschwester sagt. Dazu habe ich zu große Angst. Ich muss einiges rausfinden. Ich muss wissen, was ich zu tun habe. Und zwar bald. Sonst bin ich erledigt.

»Was ist im Bungalow passiert?«, frage ich Mary.

Sie spricht leise, aber nicht nur meinetwegen. Sie hat ihre eigenen Geheimnisse. Das weiß ich noch aus dem Bungalow. Dort hat sie vieles für sich behalten. Ich mag ihre Stimme, habe sie von Anfang an gemocht. Sie klingt sanft, irisch. Aber ich traue ihr immer noch nicht. Gerade hat sie mich Schätzchen genannt, aber davor nannte sie mich Blade. Ich höre ihr mit geschlossenen Augen zu.

»Diese Männer haben Buffy getötet«, sagt sie. »Buffy hat sie angebellt und geknurrt und die Zähne gefletscht. Ich versuchte sie zurückzuhalten. Ich wusste, dass die Männer sie töten würden, wenn sie auf sie losginge.«

»Und das hat sie getan.«

»Ja. Ich konnte sie nicht aufhalten. Sie war nicht mein Hund, weißt du. Sie war ein Streuner. Ich hatte sie auf der Straße aufgelesen, ein paar Tage bevor ich dich traf. Oder vielleicht las sie mich auf. Wer weiß? Wir verstanden uns einfach. Wir waren ein gutes Gespann, fand ich. Ich glaube nicht, dass sie begriff, wie froh ich war, eine Rottweiler-Hündin zur Freundin zu haben.«

»Welcher von den Typen hat sie getötet?«

»Der Dicke.«

Das müssen die Schüsse gewesen sein, Bigeyes.

»Er zog einfach ein Messer und ließ sie hineinspringen«, sagt Mary.

Verdammt, es waren also doch nicht die Schüsse.

»Ich sehe das Gesicht dieses Mannes immer noch vor mir«, sagt sie.

Ich sehe es auch, Bigeyes. Der Typ kam auf mich zu, als ich hinter dem alten Lagerhaus lag. Ich hätte ihn ausschalten können. Ich hatte ein Messer, wie er. Und der Fettwanst war ein leichtes Ziel. Ich hätte ihn mit einem Wurf erledigen können.

Aber er lebt noch. Und ich hänge hier fest.

Und ich weiß immer noch nichts über die Schüsse.

Mary redet wieder.

»Ich war außer mir, weil Buffy tot war.«

Sie verstummt kurz, dann fährt sie fort.

»Deshalb zog ich meine Waffe ...«

»Was?«

»Ich zog meine Waffe und schoss. Zweimal. Einmal, als die Kerle auf mich zukamen, und einmal, als sie davonrannten.«

»Sie waren das? Krass!«

»Nicht so laut.« Sie spricht noch leiser. »Ich darf eigentlich gar keine Waffe besitzen.«

Ich halte den Mund und versuche nachzudenken. Ich weiß nicht, was ich von dieser Frau halten soll. Ich weiß, dass sie mir im Bungalow was vorgemacht hat. Das meiste von dem, was sie gesagt hat, war gelogen. Aber ich habe nicht gewusst, dass sie gefährlich ist.

Ich öffne die Augen wieder. Ich muss sie im Blick behalten. Sie sitzt dicht neben mir. Wer, zum Teufel, ist sie?

»Grüne Augen«, murmele ich.

»Was?«

»Sie haben grüne Augen.«

»Kannst du das im Dunkeln erkennen?«

»Nein.«

Aber ich erinnere mich an ihre Augen, Bigeyes. Und daran, wie sie mich im Bungalow beobachtet haben. Genauso wie jetzt. Ihnen entgeht nichts. Eine Gestalt erscheint im Türrahmen. Die Krankenschwester schaut herein. Mary sieht, wo ich hinschaue, und dreht den Kopf.

»Wir sind fast fertig«, ruft sie.

»Noch ein paar Minuten«, sagt die Krankenschwester und geht.

Mary wendet sich wieder mir zu.

»Wie kommen Sie zu einer Waffe?«, frage ich.

»Das spielt keine Rolle.« Sie verstummt, als wäre sie sich nicht sicher, ob sie reden will. Dann sagt sie: »Die Knarre ist nur zur Abschreckung. Ich trage sie zu meinem Schutz bei mir. Da sind nur Platzpatronen drin. Ich will niemandem wehtun.«

Ich schon, Bigeyes. Zuerst dem Dicken und seinen Kumpels. Und dann noch einigen anderen.

»Ich hatte vorher noch nie damit geschossen«, sagt sie. »Aber nach diesem ersten Mal im Bungalow musste ich sie noch mal benutzen …«

»Hinter dem Lagerhaus.«

»Ja.«

Jetzt wird mir einiges klar. Ich weiß noch, dass ich Schüsse hörte, als ich mit aufgeschlitztem Kopf auf dem Boden lag. Ich dachte, jemand hätte auf mich geschossen. Aber zu diesem Zeitpunkt habe ich schon nichts mehr kapiert und nichts mehr gespürt. Ich war total weggetreten.

Es sind immer noch Fragen offen.

Wie hat Mary mich gefunden? Woher weiß sie meinen Namen? Sie gehört weder zu den Schlägern, die hinter mir her sind, noch zu den Leuten, die sie geschickt haben. Sie gehört auch nicht zu den anderen Mistkerlen, die was von mir wollen. Aber ein harmloses Muttchen ist sie auch nicht.

Bei ihr muss ich aufpassen.

Sie redet wieder, immer noch leise, aber schneller, als rechne sie damit, dass die Krankenschwester jede Minute zurückkommt. Ich bin froh, dass sie redet. Ich will hören, was sie weiß. Ich will nicht reden, nur zuhören.

»Die Männer rannten aus dem Bungalow. Ich weiß nicht, wohin. Aber ich wusste, dass ich schnell verschwinden musste. Sie konnten jeden Augenblick zurückkommen. Sie würden sich von einer alten Frau nicht lange einschüchtern lassen. Sie würden sich sammeln und zurückkommen.«

Sie atmet jetzt schnell.

»Ich hob Buffy auf und trug sie in den Garten hinaus. Hinten ist ein kleiner Baum und rechts davon ist der Boden locker. Ich hob hastig ein Grab aus, legte sie hinein und bedeckte sie mit Erde. Dann holte ich meine Sachen aus dem Bungalow und lief weg.«

»Wohin?«

»Das spielt keine Rolle.« Ihre Stimme klingt kurz scharf, wird aber gleich wieder sanft. »Du brauchst nicht zu wissen, wo ich hinging. Ich war zunächst eh ein bisschen durcheinander, ein bisschen verschreckt.«

»Aber Sie haben die Polizei angerufen.«

»Nicht sofort.«

Sie verstummt wieder, obwohl die Krankenschwester sicher bald zurückkommt. Ich will, dass sie noch mehr ausspuckt. Ich muss noch eine ganze Menge wissen. Sie hat die Bullen also nicht angerufen. Warum nicht?

Ich weiß es schon, Bigeyes.

»Sie sind auf der Flucht«, sage ich zu ihr.

Sie antwortet nicht.

»Ja, klar«, sage ich.

»Das kannst du nicht wissen. Du weißt gar nichts über mich.«

»Ich weiß, dass der Bungalow nicht Ihnen gehört.«

Sie sieht weg. Ich habe Gewissensbisse. Sie hat mir geholfen – mehr als einmal. Wahrscheinlich hat sie mir sogar das Leben gerettet. Ich sollte sie nicht bedrängen. Sie muss mir nichts erzählen. Ich erzähle ihr ja auch nichts.

»Danke«, sage ich.

Sie blickt mich wieder an. Ihr Gesicht ist immer noch dunkel, aber ich kann erkennen, dass ihre Augen sich bewegen. Sie glaubt mir nicht. Das kann ich ihr nicht verdenken. Ich würde mir auch nicht glauben, wenn ich sie wäre.

»Das war ernst gemeint«, sage ich.

Sie antwortet nicht. Sie sieht mich nur an.

»Können Sie mir noch mehr erzählen?«, frage ich.

Sie blickt über ihre Schulter.

»Sie ist noch nicht da«, sage ich.

Ich habe auch nach der Krankenschwester Ausschau gehalten. Mary schaut sich immer noch prüfend um. Dann wendet sie sich wieder mir zu.

»Ich rief die Polizei an«, sagt sie. »Aber nicht an jenem Tag. Ich war zu fertig mit den Nerven. Aber ich hätte mich dazu durchringen sollen. Das hätte dem armen Mädchen vielleicht das Leben gerettet.«

Ich antworte nicht. Ich warte nur. Ich will, dass sie zu Ende erzählt. Ich will, dass sie mir alles sagt.

»Ich rief am nächsten Tag an«, sagt sie. »Ohne der Polizei meinen Namen zu nennen. Ich sage dir nicht, warum. Ich beschrieb nur die Männer. Inzwischen war schon bekannt, dass in dem Bungalow ein Mädchen ermordet worden war. Wie hieß es noch mal? Trixi Kenton. Und deine Beschreibung machte die Runde.« Nach einer kurzen Pause fügt sie hinzu: »Ich habe der Polizei nicht gesagt, dass ich dich gesehen habe.«

»Okay.«

»Heißt das ›danke‹?«

Ich antworte nicht. Sie wartet noch einen Augenblick, dann fährt sie fort.

»Und dann traf ich dieses Mädchen.«

Sie muss Bex meinen.

»Unten am Fluss«, sagt sie.

»Weswegen sind Sie zum Fluss runtergegangen?«

»Das geht dich nichts an. Ich hatte meine Gründe.« Mary macht erneut eine Pause. Ich sehe ein Glitzern in ihren grünen Augen. Dann verschluckt es die Dunkelheit. »Ich war jedenfalls da unten. Und ich sah dich über den Pfad auf das Brachland torkeln. Du warst blutüberströmt. Dann bist du auf das alte Lagerhaus zu geschwankt.«

Ich fass es nicht, Bigeyes.

»Und da waren diese Männer«, sagt sie. »Die meisten waren mir fremd, aber ich erkannte den Dicken und noch einen anderen. Sie folgten dir zu dem Lagerhaus.«

Ich kann nicht glauben, dass eine alte Frau diesen Typen hinterhergelaufen ist, um mich zu retten.

»Ich wollte umdrehen und einen Polizisten holen«, fährt sie fort. »Ich hatte unten am Kai ein paar gesehen. Aber dann war da dieses Mädchen …«

»Bex.«

»Sie sagte nicht, wie sie heißt. Sie kletterte aus einem der alten Kähne am Flussufer und kam auf mich zu gerannt. Sie sah schlimm aus. Sie schrie, wir müssten etwas tun, sonst würden diese Männer dich umbringen. Und sie sagte mir deinen Namen. Sie sagte, dass du Blade genannt wirst.«

Ich schließe die Augen und höre weiter zu. Ich schäme mich. Denn weißt du was, Bigeyes? Ich verdanke diesem alten Mädchen eine ganze Menge.

Noch mehr, als ich dachte.

Denn sie ist mir gefolgt, ganz allein. Bex ist abgehauen, wie zu erwarten, aber Mary ist mir nach und hat mich gefunden, in der Gewalt dieser Typen. Da hat sie wieder ihre komische Knarre gezogen und geschossen.

Zweimal.

Damit hat sie mir zum zweiten Mal das Leben gerettet.

Die Krankenschwester spricht.

»Das reicht, Lily. Lassen Sie ihn jetzt schlafen.«

Lily? Hast du das gehört, Bigeyes? Das alte Mädchen hat der Krankenschwester einen falschen Namen genannt. Ich glaub's nicht. Diese Mary, oder wie sie auch heißt, ist echt eine Schwindlerin.

Ich nenne sie trotzdem weiter Mary. Ich habe dir ja schon gesagt, dass ich nichts auf Namen gebe. Jetzt spricht Mary wieder, im Flüsterton, dicht an meinem Ohr.

»Hör zu.« Sie redet schnell und so leise, dass die Krankenschwester es nicht hören kann. »Ich weiß nicht, warum ich dir das sage, aber … egal, ich sage es trotzdem. Ich weiß nicht, wer du bist oder was du getan hast. Und ich stelle keine Fragen. Aber ich weiß, dass du in großen Schwierigkeiten steckst.«

Sie zögert, dann fährt sie hastig fort.

»Falls du je nach mir suchen solltest, frag im Gasthaus Krone in der South Street nach Jacob. Ich kann dir nicht versprechen, dass ich dir helfen kann. Aber ich verspreche dir, dass ich dir zuhören werde. Und du behältst für dich, was ich dir gerade gesagt habe, ja?«

»Lily«, ruft die Krankenschwester streng. »Jetzt ist aber Schluss.«

Nun ist es still. Ich warte ein Weilchen, dann spähe ich aus einem Augenwinkel. Mary ist weg, aber die Krankenschwester ist noch da. Sie sieht, dass ich sie beobachte.

»Du brauchst Schlaf«, sagt sie. »Wir können uns unterhalten, wenn du dich ausgeruht hast.« Nach einem kurzen Schweigen fragt sie: »Aber kannst du mir noch sagen, wie du heißt?«

Ich schließe die Augen und tue so, als würde ich wegdösen. Die Krankenschwester redet weiter.

»Lily wusste es nicht und auch sonst niemand.«

Ich schweige.

»Heißt du Slicky?«, fragt sie. »Ich meine, ist das dein Spitzname?«

Ich stelle mich schlafend. Die Krankenschwester sagt nichts mehr. Ich spüre, dass sie das Bettzeug zurechtstopft, kurz zögernd stehen bleibt und dann verschwindet. Ich lasse die Augen zu. Meine Lider fühlen sich schwer an, wie mein ganzer Kopf.

Ich habe Mühe, mich zu konzentrieren, Bigeyes. Aber ich muss nachdenken. Und ich muss handeln. Ich wünschte, Mary hätte länger dableiben können. Es gibt noch mehr, was ich wissen muss. Obwohl ich mir nun größtenteils zusammenreimen kann, was hinter dem alten Lagerhaus passiert ist.

Mary schießt und verschreckt die Typen. Sie verduften. Die Schüsse alarmieren die Polizisten. Mary steckt die Knarre weg, bevor sie auftauchen. Sie behauptet, sie hätte nichts mitbekommen, nur die Schüsse gehört und mich verletzt am Boden liegen sehen. Die Bullen rufen den Krankenwagen, der mich hierherbringt. Mary fährt mit.

Niemand hat eine Verbindung zwischen ihr und mir hergestellt. Sie ist nur ein altes Muttchen, das zufällig vor Ort war. Deshalb durfte sie mich besuchen. Bex ist abgehauen, wie zu erwarten.

Wer weiß, wie es genau war?

Aber was für eine Geschichte Mary denen auch erzählt hat, sie haben sie geschluckt. Und nun vermuten sie, dass ich Slicky bin, der Junge aus den Nachrichten. Deshalb warten sicher Bullen auf dem Flur vor dem Krankenzimmer, bis ich wieder ansprechbar bin.

Und sie sind noch die nettesten von all den Leuten, die ich loswerden muss. Ich will gar nicht darüber nachdenken, wer noch auf mich wartet. Inzwischen wissen sicher alle, wo ich bin. Wie viele von meinen Feinden lungern draußen herum? Und wie viele haben sich schon ins Krankenhaus geschmuggelt?

Ich muss hier raus.

Ich warte ein Weilchen, horche, öffne die Augen und peile die Lage. Es ist niemand im Zimmer. Das Licht ist aus, außer draußen im Flur. Ich setze mich auf, checke noch mal die Lage. Mir ist schwindlig. Ich fühle mich schwach und benommen. Meine Kehle ist wie zugeschnürt. Mein Kopf pocht an der Stelle, wo Digs Messer mich erwischt hat.

Aber ich kann denken. Ich kann fühlen. Und was ich empfinde, ist Angst.

Sie sind in der Nähe, Bigeyes. Sie lauern überall um uns herum.

Ich muss es tun, egal in was für einem Zustand ich bin. Ich ziehe die Decke zur Seite, setze vorsichtig die Füße auf den Boden und versuche mich hinzustellen. Mist, ich schwanke. Ich stehe, aber ich kann das Gleichgewicht nicht halten. Und ich habe immer noch diesen verdammten Tropf im Arm.

Ich lasse mich aufs Bett zurücksinken. Ich sitze halb und liege halb. Ich keuche und zittere wie Espenlaub. Ich muss mich zusammenreißen. Ich muss überlegen, was ich tun soll. Wenn ich mich nicht bewegen kann, bin ich geliefert.

Schritte.

Draußen auf dem Flur.

Ich werfe einen Blick zur Tür. Da ist niemand, aber jemand Ist in der Nähe. Und die Krankenschwester ist es nicht. Das spüre ich. Ich sehe mich im Zimmer um. Da muss doch irgendwas sein, das ich als Waffe benutzen kann. Denn ich sage dir, Bigeyes, die Typen, die hinter mir her sind, lassen sich von einem Krankenhaus nicht abschrecken. Die sind zu versessen darauf, mich zu kriegen.

Die Schritte werden lauter. Das ist nicht nur eine Person. Das sind zwei, vielleicht sogar drei.

Hier ist nichts, was ich als Waffe benutzen könnte. Ich

kann nur hoffen, dass es doch bloß Leute vom Krankenhaus sind. Mir bleibt nichts anderes übrig. Ich krieche ins Bett zurück, ziehe die Decke über mich und mache die Augen wieder zu, aber nicht ganz. Ich spähe zur Tür.

Drei Typen schauen herein. Die gehören nicht zum Krankenhauspersonal. Ich beobachte sie heimlich. Ich weiß nicht, ob sie gemerkt haben, dass ich wach bin. Sie gehen nicht weg. Sie stehen da und schauen rein.

Ich kenne diese Typen nicht. Jedenfalls kommen sie mir nicht bekannt vor. Aber ich sehe sie nicht genau, weil das Licht aus ist. Vielleicht besteht keine Gefahr. Aber das glaube ich nicht. Sie wirken nicht wie harmlose Leute, die nur jemanden besuchen wollen. Sie sind auch keine Bullen. Bullen erkenne ich immer.

Die Stimme der Krankenschwester hallt den Flur runter.

»Kann ich Ihnen helfen?«

Die Typen drehen sich um.

»Kann ich Ihnen helfen?«, fragt die Krankenschwester noch mal.

»Wir suchen nach einem Freund«, sagt einer der Typen.

Er klingt gelassen, kultiviert. Der Kerl ist gewieft.

»Ist er ein Patient?«, fragt die Krankenschwester.

»Ja. Ist das die neurologische Abteilung?«

»An der sind Sie schon vorbei. Gehen Sie den Flur zurück, am Ende nach rechts und dann immer geradeaus.«

»Danke.«

Ich höre Schritte, die sich entfernen. Dann weitere, die sich nähern. Das Gesicht der Krankenschwester erscheint im Türrahmen. Ich schließe sofort die Augen und atme langsamer. Die Schritte kommen auf mein Bett zu. Ich spüre, wie die Krankenschwester mich prüfend ansieht und am Bettzeug rumfummelt. Von der Tür her fragt eine Männerstimme: »Jenny? Wissen Sie, wer die drei waren?«

»Nein, Herr Doktor.« Die Krankenschwester stopft immer noch mein Bettzeug zurecht. »Sie sagten, dass sie nach einem Patienten aus der neurologischen Abteilung suchen.«

»Haben Sie ihnen das geglaubt?«

»Nein.«

Ich auch nicht, Bigeyes. Das waren Feinde. Und sie werden wiederkommen.

Stille. Ich lasse die Augen zu, lausche, denke nach. Ich kann spüren, dass der Doc immer noch in der Tür steht. Die Krankenschwester hört auf, an meinem Bettzeug rumzumachen. Aber die beiden beobachten mich genau. Das spüre ich. Ich atme immer noch langsam und ruhig. Es muss sich anhören, als würde ich schlafen.

Aber sobald die beiden weg sind, verschwinde ich von hier.

Der Doc spricht wieder.

»Ich werde die Belegschaft bitten, die Augen offen zu halten. Es geht nicht, dass Unbefugte hier herumspazieren. Wie geht es ihm?«

»Schwer zu sagen. Könnte sein, dass er versucht hat, aufzustehen. Als ich gerade hereinkam, war sein Bettzeug durcheinander. Aber vielleicht hat er sich auch nur im Schlaf herumgewälzt.«

Schritte nähern sich. Das muss der Doc sein. Ich spüre, dass die beiden mich immer noch beobachten. Nun spricht der Doc wieder.

»Nun, er wird nicht weit kommen, wenn er aufzustehen versucht. Nicht bei der Verletzung und dem Blutverlust. Er würde sich sehr schaden, wenn er versuchen würde, das Bett zu verlassen. Hoffen wir, dass er vernünftig ist und keine Dummheiten macht.«

Ja, klar, Doc. Du ahnst wohl, dass ich nicht schlafe. Ich habe deine Botschaft verstanden. Aber sie ändert nichts. Sobald ihr zwei weg seid, bin ich auch weg.

Wieder Schritte, seine und ihre. Sie gehen zur Tür zurück, dann bleiben sie stehen. Keine Geräusche mehr. Ich halte die Augen fest geschlossen. Sie stehen immer noch an der Tür und beobachten mich. Der Doc ist nicht auf den Kopf gefallen. Das steht fest. Und die Schwester lässt sich auch nichts vormachen.

Das Problem ist, dass ich jetzt noch vorsichtiger sein muss. Die Bullen haben das Pflegepersonal sicher gebeten, ein Auge auf mich zu haben. Und jetzt haben diese beiden gemerkt, dass ich versucht habe, das Bett zu verlassen. Sie werden mich schärfer beobachten denn je.

Das macht es mir schwerer, rauszukommen. Und es wird nicht reichen, um meine Feinde aufzuhalten. Diese drei Typen kommen vielleicht nicht wieder. Aber dafür andere. Ich muss von hier verschwinden – irgendwie.

Aber im Moment geht das noch nicht. Vorerst muss ich mich weiter schlafend stellen. Ich muss ein Weilchen warten. Immer noch keine Schritte. Der Doc und die Schwester stehen immer noch an der Tür und beobachten mich. Ich muss weiter ruhig atmen und die Augen zulassen. Ich sehe Marys Gesicht vor mir. Und das von Buffy. Es tut mir leid, dass der Hund sterben musste. Er war verrückt, aber ich mochte ihn.

Wenn dieser Dicke noch mal meinen Weg kreuzt, ist er dran.

Endlich Schritte, die sich entfernen, den Flur runter. Das hört sich gut an. Aber ich muss sicher sein, dass die beiden wirklich weg sind. Deshalb lasse ich die Augen noch eine Weile zu. Ein paar Minuten. Noch ein paar. Jetzt müsste die Luft rein sein.

Ich öffne die Augen einen Spalt.

»Du bist also wach«, sagt eine Stimme.

Eine Hand hält mir den Mund zu, ein Messer drückt gegen meinen Hals. Es ist einer der drei Typen. Der, der mit der Schwester gesprochen hat.

Ich bleibe still. Ich kann eh nichts machen. Er ist zu stark und ich bin zu schwach. Er wird mich entweder umbringen oder entführen. Was auch immer, im Moment kann ich ihn nicht daran hindern. Deshalb verhalte ich mich ruhig.

Ich muss so tun, als wäre ich total fertig, als könnte ich ihm keine Schwierigkeiten machen. Vielleicht zögert er dann und ich gewinne etwas Zeit. Ich schiele aus halb geschlossenen Augen rauf. Ich kann nur seinen Umriss erkennen. Keine Spur von den zwei anderen.

Er beugt sich runter. Er trägt einen Arztkittel. Ich tue so, als bekäme ich kaum die Augen auf, als stünde ich unter Betäubungsmitteln und wäre völlig benebelt. Vielleicht bekomme ich so eine Chance, etwas gegen ihn zu unternehmen.

Aber ich habe nur einen Versuch.

Ich muss so tun, als wäre ich zu nichts mehr fähig, und dann zuschlagen, wenn ich kann.

Seine Augen sind direkt über meinen. Sie bohren sich

in mich hinein. Ich verdrehe die Augen, bis sie sich verschleiern, aber ich habe den Kerl jetzt gut im Blick. Er ist groß, über dreißig, eiskalt. Ich habe ihn vor dem heutigen Tag noch nie gesehen.

Das Messer bewegt sich, streift über meinen Hals.

Das macht dem Kerl Spaß. Ich tue weiter so, als wäre ich total zugedröhnt und schlapp. Mit seiner anderen Hand hält er mir immer noch fest den Mund zu. Er beugt sich ganz nahe zu mir runter und flüstert.

»Zeit, dich hier rauszuholen.«

Dann bewegt er sich blitzschnell. Er nimmt kurz die Hände weg, doch bevor ich einen Laut von mir geben kann, haftet mir schon ein Streifen Klebeband über dem Mund. Im nächsten Augenblick reißt er mir die Nadel vom Tropf aus dem Arm und legt mir wieder das Messer an den Hals.

Dieser Kerl ist zum Fürchten. Und er ist ein Profi.

Er checkt den Eingang. Niemand da, keine Geräusche auf dem Flur. Er schaut zu mir zurück, mit einem leichten Grinsen. Er lässt die Klinge über meine Haut gleiten, packt mich an den Haaren und zieht meinen Kopf vom Kissen hoch.

»Mir kannst du nichts vormachen«, murmelt er. »Du bist hellwach.«

Ich lasse die Augen trotzdem fast zu. Ich muss mich

weiter verstellen, egal was er sagt. Ich muss so tun, als wäre ich weggetreten. Ich muss Zeit schinden, Kraft sparen, auf den richtigen Augenblick warten und ihn dann überrumpeln. Das wird nicht leicht. Er ist nicht so blöd wie Paddys Kumpels.

Er setzt mich hin. Seine Augen sind wieder direkt vor meinen. Ich spüre, dass er mich durchdringend ansieht, als wolle er mir in den Kopf schauen und erkennen, was darin vorgeht. Ich halte die Augen halb geschlossen und lasse mich hängen.

Plötzlich spüre ich einen Stups unten am Rücken.

Mein Körper zuckt nach vorn, ganz automatisch. Ich weiß, was er getan hat. Er hat mich mit dem Messer geritzt, um mich wachzurütteln. Und nun späht er mir wieder in den Kopf. Ich lasse die Augen fast zu, bleibe schlaff, hänge in seinen Armen.

Er lässt sich nicht täuschen. Er weiß, dass ich ihm was vorspiele.

»Mir kannst du nichts vormachen«, flüstert er wieder.

Noch ein Stups mit dem Messer. Ich zucke wieder nach vorn, kippe in seine Arme. Er zieht meinen Kopf nahe an seinen ran und seine Augen bohren sich wieder forschend in meinen Schädel. Irgendwie schaffe ich es, aus halb geschlossenen Augen tranig zurückzuglotzen. Jetzt wird er ungeduldig. Oder vielleicht wundert er sich allmählich doch ein bisschen. Hoffentlich! Ich muss ihm den Eindruck vermitteln, dass ich kein Problem bin. Ich muss Zeit gewinnen, ihn zu einem Fehler verleiten.

Plötzlich richtet er sich auf, zerrt mich an den Haaren zum Rand des Bettes, legt die Arme um meine Beine und dreht sie zu sich rum. Nun hocke ich auf der Bettkante, vornübergesunken.

»Zieh diese Sachen an«, murmelt er.

Er hat ein paar Klamotten gefunden oder mitgebracht.

»Die müssten dir passen«, sagt er.

Ich lasse mich aufs Bett zurückplumpsen.

»Setz dich wieder hin.« Jetzt wird er sauer. »Oder muss ich nachhelfen?«

Ich rühre mich nicht.

Mit finsterer Miene zerrt er mich wieder hoch und hält mir das Messer vors Gesicht. Er schwenkt es hin und her, testet, ob meine Augen ihm folgen. Ich sehe die Klinge blitzen, lasse die Augen aber halb zu.

Plötzlich wirft er mich aufs Bett zurück. Er beugt sich über mich, kommt mir ganz nah, zu nah. Ich versuche den Mund zu öffnen, aber es geht nicht. Das Klebeband sitzt zu fest. Nun zieht er mir den Krankenkittel aus.

Ich hasse das. Bilder aus der Vergangenheit schießen mir durch den Kopf. Ich will mich wehren, mich losreißen. Aber ich muss weiter den Hilflosen spielen, schlapp liegen bleiben und so tun, als würde ich nicht mitbekommen, was abgeht.

Inzwischen hat er mir den Krankenkittel ausgezogen. Ich liege nackt auf dem Bett. Der Kerl beugt sich über mich. Seine Knie sind links und rechts neben meinem Körper. Und er fasst mich wieder an. Aber Gott sei Dank nicht auf diese andere Art.

Es ist trotzdem widerlich.

Er zieht mir ein Unterhemd und eine Unterhose an, dann einen Pulli, eine Hose, Socken und Schuhe. Er ist schnell und geschickt. Plötzlich bin ich angezogen und er blickt sich zur Tür um.

Da ist immer noch niemand.

Er steht jetzt vor dem Bett und hebt mich hoch.

»Zeit, zu gehen«, zischt er.

Dann trägt er mich zur Tür.

Ich bleibe schlaff, lasse die Arme baumeln. Er kümmert sich nicht um sie. Er ist sich sicher, dass er mit mir fertig wird. Und im Moment ist das ein Kinderspiel für ihn. Ich fühle mich total schwach. Ich hoffe nur, dass ich die Kraft aufbringe, das Nötige zu tun, falls ich eine Chance dazu bekomme.

Ich muss mir eine Chance verschaffen.

Denn wenn er mich erst aus dem Krankenhaus rausgebracht hat, ist es vorbei.

Er arbeitet bestimmt nicht allein. Wie gesagt, eine Menge Leute sind hinter mir her. Da sind die Typen, die mich für das, was ich getan habe, umbringen wollen. Die Feinde meiner Feinde. Und dann noch die, die mich lebendig haben wollen. Aber nur damit sie mich foltern können, um zu erfahren, was sie wissen wollen. Und wenn sie das rausgekriegt haben, werden sie mich auch umbringen.

Es ist also so oder so übel.

Ich muss was tun. Ich muss mir was einfallen lassen. Ich muss eine Möglichkeit finden, den Kerl auszuschalten. Er ist an der Tür stehen geblieben und schaut sich um. Draußen ist auch niemand. Er trägt mich mühelos den Flur runter. Ich hänge schlaff in seinen Armen. Aber ich denke schnell.

Er kann mich nicht durch den Haupteingang rausschleppen. Er muss einen Seitenausgang finden. Vielleicht nimmt er denselben Weg, auf dem er sich reingeschmuggelt hat. Die Frage ist: Wo will er hin? Ich war bisher noch nie in diesem Krankenhaus. Aber ich kenne die Straßen drum herum.

Die kenne ich gut, Bigeyes. So gut wie die ganze Stadt.

Ich überlege. Welchen Weg würde ich nehmen, wenn ich mich hier rausschleichen müsste? Ich weiß die Antwort bereits. Aber der Kerl hat einen anderen Plan. Er wird sich mit seinen Kumpels treffen.

Kurz vor dem Ende des Flurs bleibt er stehen.

Stimmen weiter vorn, um die Ecke. Ich bewege meine Hand ein wenig, schwinge sie locker ein Stückchen höher. Ich will sehen, ob ich mit ihr näher an sein Messer rankomme. Das hat er immer noch in der Hand. Ich spüre die Klinge an meinem Körper.

Er bemerkt die Bewegung und ich lasse den Arm wieder fallen. Er wendet mir kurz das Gesicht zu und sieht mich mit einem leisen, wissenden Lächeln an. Dann blickt er wieder in die Richtung, aus der die Stimmen kommen. Plötzlich öffnet er eine Tür auf der linken Seite.

Ich kann mich nicht an diese Tür erinnern, aber das ist kein Wunder. Ich war ja bewusstlos, als ich hierhergebracht wurde. Er trägt mich durch die Tür, schließt sie ganz leise hinter uns. Nun sind wir in einem anderen Flur. Er läuft ihn runter und biegt am Ende rechts ab. Nach einigen Metern bleibt er vor einer anderen Tür stehen.

Er zieht einen Schlüssel aus der Tasche, steckt ihn ins Schloss und öffnet die Tür. Ein kleiner Lagerraum mit Wischmopps, Eimern und Putzzeug, verschiedenen Flaschen und weißen Kitteln, die an Haken hängen.

Und auf dem Boden liegt eine Leiche.

Ein Mann mittleren Alters, vielleicht einer von der Putzkolonne. Mein Entführer wollte wahrscheinlich nur einen weißen Kittel klauen. Er hat den Mann im Lagerraum gesehen und erwürgt. Dann hat er seinen eigenen Mantel gegen einen weißen Kittel eingetauscht und den Schlüssel mitgehen lassen. Und jetzt will er wieder seinen Mantel anziehen und hier rausspazieren, als wäre nichts gewesen.

Wer sagt's denn – da hinten ist sein Mantel. Er hat einen großen Müllsack drübergehängt. Ich weiß, warum. Er will mich in diesen Müllsack stecken, damit man nicht sieht, dass er ein Kind rumschleppt. Ich schalte schnell. Es muss gleich passieren. Ich muss den Kerl hier drinnen fertigmachen.

Ja, Bigeyes. Ich muss ihn umbringen. Es gibt keinen anderen Weg. Entweder er oder ich. Und ich darf es nicht wieder vermasseln wie bei Paddy. Ich muss es durchziehen, so kaltschnäuzig wie früher. Ich muss ihn erledigen. Sonst sind wir erledigt, glaub mir.

Die gute Nachricht ist, dass er mich absetzen muss, um sich umzuziehen. Die schlechte Nachricht ist, dass ich kaum Kraft habe. Und wie gesagt, Bigeyes, ich habe nur einen Versuch, mehr nicht.

Falls ich überhaupt eine Chance bekomme.

Der Kerl schließt die Tür hinter uns, steckt den Schlüssel ins Schloss und dreht ihn rum. Wieder zieht er mich dicht an sich ran und fixiert mich. Er versucht ein letztes

Mal, mir in die Augen zu sehen. Aber er kann nicht in meinen Kopf eindringen. Ich tue immer noch so, als wäre ich völlig weggetreten.

So ist er noch gefährlicher. Ein Teil von ihm denkt, dass ich zu schwach bin, um ihm was zu tun. Aber der andere Teil von ihm ist misstrauisch. Welcher Teil ist stärker? Das ist die entscheidende Frage. Wenn der erste Teil die Oberhand gewinnt, habe ich eine Chance, ihn auszuschalten.

Wenn der andere Teil stärker ist, wird er mich keinen Augenblick aus den Augen lassen.

Er strafft sich. Er hat sich entschieden.

Bleib schlaff, aber behalte einen klaren Kopf und sei bereit. Er bewegt sich behutsam. Sein linker Arm hält meine Beine, der andere umfasst meinen Körper. Das Messer ist in seiner rechten Hand und berührt meinen Arm.

Bleib ruhig. Warte.

Er beugt sich ganz langsam runter. Er beobachtet mich scharf. Ich spüre seinen stechenden Blick, obwohl meine Augen halb geschlossen sind. Der Fußboden kommt näher. Er berührt meine Füße, dann die Beine, den Hintern, den Rücken und den Kopf.

Der Kerl lässt mich los. Ich plumpse hin, rolle die Arme zur Seite und lasse den Kopf hängen. Er steht über mir und blickt auf mich runter. Das spüre ich. Er hat große

Lust, mich zu töten. Auch das spüre ich. Er will mich nicht am Leben lassen und zurückbringen. Töten macht ihm Spaß. Das weiß ich.

Er hat mich aufgespürt und geschnappt. Das ist sein erster Triumph. Den zweiten kann er feiern, wenn er mich abliefert. Aber das will er nicht. Das macht viel Mühe und wenig Spaß. Er will Triumph Nummer drei.

Er will mich töten.

Aber das darf er nicht. Er hat den Auftrag, mich lebendig abzuliefern. Deshalb blickt er jetzt auf mich runter und hasst mich dafür. Er hat sich im Griff, aber innerlich kocht er. Er bewegt sich leicht. Er hebt sein rechtes Bein über mich, macht einen Schritt zum Regal und greift nach irgendwas.

Ich höre, dass er sich umzieht. Der Müllsack raschelt. Sein rechtes Bein bewegt sich dorthin zurück, wo es war. Er steht jetzt wieder über mir und blickt runter. Ich brauche ihn nicht zu sehen, um das zu wissen. Ich kann alles spüren, was ich wissen muss, hier auf dem Fußboden, mit geschlossenen Augen.

Ich spüre, dass er mich beobachtet, dass er sein Gewicht von einem Fuß auf den anderen verlagert, dass er mich abcheckt, um sich zu vergewissern, dass er von mir nichts zu befürchten hat. Der Müllsack raschelt wieder. Er beugt sich runter, kommt mir immer näher. Er hält inne, überlegt, wie er es machen soll. Soll er mich hochheben und in den Sack fallen lassen oder soll er sich tiefer bücken und mich reinwickeln?

Warte, horche, mach dich bereit.

Er bewegt sich wieder, beugt sich tief zu mir runter. Er wird mich zuerst hochheben. Es raschelt wieder, als er den Müllsack loslässt. Er schiebt seine linke Hand wieder unter meine Beine. In der rechten hält er immer noch das Messer. Ich spüre die Klinge, während seine Hand über meinen Arm streift.

Er hebt mich wieder hoch, immer näher an seinen Kopf.

Da drehe ich mich blitzschnell um und stoße mit der rechten Hand nach seinem Gesicht.

Darauf ist er nicht vorbereitet. Er fängt meinen Arm nicht ab. Ich habe ihn überrumpelt. Seine Augen sind weit aufgerissen. Das ist gut. Denn sie sind mein Ziel.

Ich steche mit den einzigen Waffen zu, die ich habe.

Mit meinen Fingern.

Ich stoße einen in jedes Auge.

Mit Wucht.

Er stößt einen Schrei aus, wirft den Kopf nach hinten, klatscht mir die linke Hand aufs Gesicht. Aber ich bin bereits an seinem rechten Handgelenk. Mit meiner einen Hand packe ich seinen kleinen Finger, mit der anderen seinen Daumen.

Knack!

Knack!

Er brüllt, will mich abwehren, aber ich bin zu gut darin. Ich habe ihm das Messer weggenommen und ihn am Genick gepackt. Die Klinge fährt über seine Kehle.

Aber dann stoppt sie.

Wieder bin ich wie gelähmt. Aber ich lasse nicht von ihm ab. Mit der einen Hand halte ich ihn an den Haaren fest, mit der anderen drücke ich ihm das Messer an die Kehle. Ein roter Tropfen rinnt ihm den Hals runter.

Es sollte inzwischen ein Bach sein.

Der Kerl sollte auf dem Boden liegen, mit großen Augen, die trüber werden, während sein elendes Leben aus ihm rausblubbert und über seine Brust quillt. Aber er steht immer noch. Er stöhnt, weil ich ihm den kleinen Finger und den Daumen gebrochen habe, und wartet zitternd und schwitzend auf den tödlichen Augenblick. Er denkt, dass ich mir Zeit lasse, dass ich ihn leiden sehen will, bevor ich ihn erledige.

Er weiß, was ich kann. Doch er weiß nicht, dass ich nicht mehr dazu fähig bin.

Noch nicht.

Wenn ihm das klar wird, bin ich tot.

Er wartet immer noch. Aber etwas regt sich in ihm. Das spüre ich. Ich spüre, dass es in seinem Kopf arbeitet, dass er Hoffnung schöpft. Die muss ich zunichtemachen. Ich muss bluffen, den Kaltblütigen spielen. Selbst wenn ich ihn nicht töten kann, muss ich so tun, als könnte ich es.

Und ich muss einen anderen Ausweg aus dieser Situation finden.

Er spricht.

»Ich habe mich schon tot gesehen.«

Er spricht leise, checkt mich ab. Ich fahre mit der Klinge über seinen Hals. Er wird steif, aber er hat nicht mehr so viel Angst wie vorhin.

»Erzähl mir nicht, dass du es nicht mehr bringst, Kleiner.«

Nun liegt Trotz in seiner Stimme. Ich umklammere ihn mit den Beinen, lasse seine Haare los, reiße mir das Klebeband vom Mund, packe ihn wieder an den Haaren und ziehe seinen Kopf mit einem Ruck nach hinten.

»Au!«, entfährt es ihm.

Ich drücke ihm die Klinge fest an den Hals. Wieder rinnt ein roter Tropfen seinen Hals runter. Ich warte, bis er es spürt, und strecke den Kopf an sein Ohr.

»Wie heiße ich, du Mistkerl?«

Sein Blick huscht zu mir rüber. Er antwortet nicht, sondern schnauft nur.

»Ich habe dich gefragt, wie ich heiße.«

»Blade«, flüstert er.

»Wie?«

»Blade.«

»Lauter.«

»Blade, Blade, Blade.«

»Trag mich zur Tür.«

Er schiebt sich an der Leiche vorbei und bleibt an der Tür stehen.

»Dreh dich um.«

Er wendet sich dem Raum zu. Ich presse ihm weiter das Messer an den Hals. Er hat immer noch nicht genug Angst. Ich spüre, dass er mich zu durchschauen beginnt. Ihm dämmert, warum er noch nicht tot ist. Ich muss schnell handeln, bevor er irgendwas versucht.

»Runter auf die Knie.«

Er rührt sich nicht. Er testet mich wieder. Ich muss sofort reagieren. Wenn ich Schwäche zeige, bin ich verloren.

Ich ritze ihm mit dem Messer über den Hals, schabe etwas Blut auf die Klinge und halte sie ihm vor die Augen, damit er es sieht. Er erstarrt wieder. Sein Blick ist auf das Messer geheftet. Ich presse es ihm schnell wieder an die Kehle.

»Ich habe gesagt: runter auf die Knie!«

Er lässt sich auf die Knie fallen. Ich umklammere ihn

immer noch mit den Beinen und halte ihm das Messer an den Hals. Ich lasse seine Haare los, greife mit der freien Hand nach hinten, schließe die Tür auf und ziehe den Schlüssel raus.

»Dir fehlt der Mumm, mich zu töten, was?«, sagt er plötzlich.

Jetzt ist Spott in seiner Stimme. Ich neige mich wieder dicht zu ihm.

»Dich zu töten?« Ich fahre mit der Klinge seinen Hals rauf und runter. »Willst du es darauf anlegen, Alter?«

Er antwortet nicht. Er wird stocksteif und schwitzt wieder.

»Diese letzte Bemerkung könntest du bereuen, Mistkerl.«

»Hör zu …«

»Hände auf den Rücken!«

Er schiebt die Hände langsam nach hinten. Er zittert wieder, aber ich nun auch. Ich muss schnell machen. Ich springe auf die Füße und trete ihn heftig in den Rücken. Er fällt nach vorn. Sein Gesicht knallt auf den Fußboden. Ich schlüpfe aus dem Raum, schlage die Tür hinter mir zu und schließe sie ab. Die Stimme des Mistkerls dringt nach draußen.

Aggressiv, drohend.

»Du bist tot, Bürschchen. Weißt du das? Denn du hast

den Mumm verloren. Du konntest weder Paddy noch mich töten. Du bist erledigt. Und das weißt du.«

Er hämmert gegen die Tür. Um das Schloss bildet sich bereits ein Riss.

Den Flur runter, so schnell ich kann. Ich muss irgendwie hier rauskommen. Das Problem ist, dass der Kampf mit diesem Bastard mich meine letzte Kraft gekostet hat. Ich weiß nicht, was ich noch habe außer Angst. Aber vielleicht reicht die, um mich weiterzutreiben.

Wenigstens ist niemand hier. Und es sind weder Stimmen noch Schritte zu hören, nur das Geklapper der Tür hinter mir. Der Kerl kann jeden Augenblick rauskommen.

Ich erreiche den Ausgang am Ende des Flurs.

Dahinter sind zwei weitere Flure, einer rechts und einer links. Drei Krankenschwestern kommen den einen Flur runter. Sie haben mich noch nicht gesehen. Im anderen ist niemand. Ich husche ihn entlang. Am Ende ist eine Glaswand mit einer Tür. Ich bleibe davor stehen und spähe durch.

Noch ein Flur. Auch leer.

Ich hoffe, er bleibt es. Denn weißt du was, Bigeyes? Ich habe eine Idee, wie ich hier rauskommen könnte. Wenn mein Glück mich nicht verlässt und ich den Mut aufbringe. Ich weiß, was draußen auf mich wartet. Nicht nur die zwei Typen, die ich mit dem Mistkerl gesehen habe.

Da sind auch noch all die anderen.

Durch einen der normalen Ausgänge komme ich auf keinen Fall raus. Nicht in diesem Zustand. Nicht mal, wenn ich topfit wäre. Bestimmt sind alle Ausgänge bewacht. Aber es gibt einen anderen Fluchtweg, wenn ich ihn erreiche. Und wenn ich raus in die Stadt komme, wird sie mir Schutz bieten. Ich habe einen Unterschlupf in der Nähe. Er gehört nicht zu meinen besten Hütten, aber er wird genügen. Wenn ich es dorthinschaffe, kann ich mich ausruhen. Und nachdenken.

Aber zuerst müssen wir aus dem Krankenhaus rauskommen.

Der nächste Flur. Ich bin langsam geworden. Jeder Schritt fällt mir schwer und meine Kopfwunde schmerzt. Ich muss weitergehen. Es ist immer noch niemand da, aber ich halte die Augen und Ohren offen. Draußen höre ich Autos vorbeifahren. Vor mir ist ein Fenster.

Ich muss mich vorsichtig ranpirschen. Ich will nicht, dass jemand mich von draußen sieht. Ich bleibe stehen und spähe durchs Fenster. Da unten ist ein Parkplatz. Es ist dunkel, sehr dunkel. Das ist gut und schlecht. Gut, weil sie mich nicht so leicht sehen können. Schlecht, weil ich sie auch nicht sehen kann.

Na ja, ein bisschen was sehe ich schon. Da sind genug Lichter, um ein paar Gestalten erkennen zu können. Die meisten sind harmlos. Das sehe ich. Nur Leute, die kommen und gehen. Ich halte nach meinen Feinden Ausschau, nach Gestalten, die sich nicht bewegen. Sie sind sicher da draußen und versuchen, harmlos zu wirken. Aber ich kenne sie.

Da ist einer.

Am hinteren Ende des Parkplatzes. Schau, da drüben, Bigeyes. Siehst du den Parkautomaten? Links davon. Hast du ihn entdeckt? Den Typen im langen Mantel, der sich gerade eine Zigarette anzündet? Er steht neben einem Citroën. Sieht aus, als würde er auf einen Freund warten. Aber das täuscht.

Er wartet auf mich.

Weiter rechts ist noch einer. Bei der Parkbucht für Krankenwagen. Ein großer Kerl mit Stirnglatze, der aussieht, als würde er jemandem helfen. Aber mir würde er garantiert nicht helfen.

Komm schon. Wir können hier nicht rumhängen.

Weg vom Fenster, ducken, vorbeischleichen, dann weiter den Flur runter, bis zum Ende. Das muss ich mir genauer ansehen. Da ist diesmal keine Tür, nur ein weiterer Flur, quer zu diesem. Und die Kumpels von dem Mistkerl könnten um die Ecke warten.

Ich nähere mich dem Ende des Flurs. Keine Geräusche dringen um die Ecke. Ich habe nicht das Gefühl, dass dort jemand ist. Normalerweise spüre ich das. Ich brauche es nicht zu hören. Ich spüre, ob jemand in der Nähe ist. Aber nur wenn ich voll da bin. Und im Moment bin ich langsam im Kopf und kann nicht richtig denken. Wenn ich so drauf bin, unterlaufen mir leicht Fehler. Dann muss ich besonders aufpassen, weil ich mich nicht mehr auf mein Bauchgefühl verlassen kann.

Ich bleibe an der Ecke stehen und lausche wieder. Nichts.

Ich warte, versuche zu spüren, was hinter der Ecke ist. Warum gelingt mir das nicht? Bisher habe ich so was gespürt, gewusst. Aber ich bin zu schwer verletzt. Mein Körper funktioniert nicht mehr richtig, und mein Kopf auch nicht. Ich zittere wieder.

Ich strecke den Kopf um die Ecke.

Das ist riskant, aber mir bleibt nichts anderes übrig. Und wieder habe ich Glück.

Niemand da. Nur ein weiterer leerer Flur. Am Ende eine Tür, rechts ein Aufzug, links ein Notausgang – eine große Glastür. Vermutlich wollte der Mistkerl mich auf diesem Weg rausbringen. Durch den Notausgang auf den Parkplatz.

Seine Kumpels sind bestimmt in der Nähe, wahrscheinlich draußen vor dem Notausgang. Jetzt muss ich vorsichtig sein. Wenn sie mich sehen, bin ich erledigt. Das Problem ist, dass ich bis zum Ende dieses Flurs kommen muss, um zu tun, was ich vorhabe.

Beweg dich. Zwing dich dazu.

Den Flur runter, langsam. Ich drücke mich an der Wand entlang. Da ist der Notausgang. Ich kann nur hoffen, dass niemand auf der anderen Seite dieser Glastür wartet. Durch die können sie zwar nicht reinkommen, aber wenn sie mich entdecken, bin ich trotzdem aufgeschmissen.

Ich habe nur dann eine Chance, zu entkommen, wenn mich unterwegs niemand sieht.

Und das ist viel verlangt.

Wenigstens ist es auf dem Flur nach wie vor ruhig. Jetzt bin ich gleich am Ausgang. Von draußen bin ich noch nicht zu sehen. Aber nicht mehr lange. Ich schleiche ganz langsam weiter, nähere mich der Glastür. Ich sehe die Dunkelheit draußen und ein kleines Stück vom Parkplatz.

Keine Spur von irgendwelchen Gestalten, soweit ich das von hier aus erkennen kann.

Aber ich bin noch nicht an der Glastür, sondern spähe schräg zu ihr rüber. Ich zittere immer noch und der Schmerz in meinem Kopf wird schlimmer. Ich fasse an meine Augenbraue. Sie ist klebrig. Da ist Blut. Und das kommt nicht von dem Kampf mit dem Mistkerl.

Meine Wunde platzt wieder auf.

Ich mache noch einen Schritt auf die Tür zu, dann noch einen, spähe um die Ecke und halte die Luft an. Da ist niemand. Jedenfalls nicht in der Nähe des Ausgangs. Aber weiter hinten, auf dem Parkplatz, erkenne ich die beiden Typen. Hast du sie entdeckt? Einer ist hinter dem Renault und einer weiter rechts, hinter dem Lieferwagen.

Sie schauen in meine Richtung.

Hoffentlich haben sie mich nicht gesehen. Sie haben sich nicht bewegt. Ich glaube, sie sind zu weit weg, um viel zu erkennen. Und der Flur ist ziemlich dunkel. Trotzdem muss ich ab jetzt noch vorsichtiger sein. Ich blicke nach rechts.

Du hast es erfasst, Bigeyes. Wir nehmen den Aufzug.

Ich kauere mich hin und krieche mit dem Gesicht am Boden weiter. Selbst das ist riskant. Ich bin durch den Notausgang immer noch zu sehen. Und ich mache mir nicht nur Sorgen wegen der beiden Kumpels von dem Mistkerl, sondern auch wegen all meiner anderen Feinde da draußen.

Aber ich habe keine Wahl.

Ich muss weiterkriechen und das Beste hoffen.

Ich greife rauf und drücke den Knopf für den Aufzug.

Ich bete, dass niemand drin ist. Er surrt heran, es macht Pling und die Türen schnappen auf. Ich liege immer noch auf dem Boden und hoffe das Beste.

Der Aufzug ist leer. Ich rolle mich rein und krieche zur Seite, sodass ich vom Notausgang aus nicht mehr zu sehen bin. Ich stehe schwankend auf. Auf dem Boden ist ein Blutfleck. Ich durchsuche meine Taschen. Kein Taschentuch. Ich hebe den Arm und drücke den Ärmel gegen die Wunde. Nach einer Weile nehme ich ihn wieder runter. Der Ärmel ist unten ganz rot.

Aber darum kann ich mich jetzt nicht kümmern.

Ich strecke den Arm aus und drücke auf den Knopf.

Oberstes Stockwerk.

Die Türen schließen sich. Der Aufzug ruckelt und fährt los. Aufwärts. Ich verfolge die Nummern der Stockwerke. Drei, vier, fünf, sechs. Ich bete, dass niemand zusteigt. Der Aufzug hält an.

Sechster Stock.

Verdammt, es sind noch drei Stockwerke bis ganz oben. Ich drehe den Rücken zur Tür und knie mich hin, als würde ich mir die Schuhe zubinden. Ich höre, wie die Türen aufgehen. Eine Frauenstimme draußen im Flur.

»Kannst du mir helfen?«

Ich drehe mich nicht um.

»Ich habe dich gefragt, ob du mir helfen kannst.«

Die Frau klingt ziemlich gereizt. Ich will sie nicht ansehen.

»Bist du taub oder was?« Jetzt ist sie zornig.

Dann eine Männerstimme.

»Mrs Baker, Sie sollten nicht allein hier draußen sein.«

Als ich die Türen zugehen höre, werfe ich einen verstohlenen Blick über die Schulter. Eine alte Frau in einem Rollstuhl starrt mich böse an. Ein Krankenpfleger bemüht sich um sie.

»Mrs Baker …«

»Ich will mit dem Aufzug fahren.«

»Mrs …«

Aber die Türen sind nun zu und der Aufzug fährt wieder los. Allerdings abwärts. Verdammt, Bigeyes, das hält mich auf. Das wäre nicht so schlimm, wenn ich fit wäre. Aber ich fühle mich so schwach, so kaputt. Nicht nur körperlich. Auch im Kopf. Ich fühle mich innerlich zerrissen.

Am liebsten würde ich laut schreien.

Und zu allem Übel bringt der Aufzug mich jetzt wieder runter.

Er hält wieder. Dritter Stock. Diesmal knie ich mich nicht hin. Diesmal muss ich mir was anderes einfallen lassen. Die Türen gehen auf. Da steht ein alter Kerl, allein. Er will zusteigen. Aber ich versperre ihm den Weg.

»Alles klar, Opa?« Ich grinse ihn blöde an. »Willst du mit mir mitfahren?«

Er starrt mich an, weiß nicht, was er tun soll.

»Willst du rauf oder runter, Alter?« Ich zwinkere ihm zu. »Sag runter, Knallkopf. Da fahr ich hin.«

Er macht einen Schritt rückwärts. Ich drücke den Knopf.

»Man sieht sich, Opa.«

Die Türen gehen zu. Und der Aufzug fährt wieder aufwärts.

Ja, ich weiß. Das war riskant. Aber was hätte ich sonst tun sollen? Ich darf nicht noch mehr Zeit vergeuden. Und ich kann niemanden im Aufzug gebrauchen. Ich kann nur hoffen, dass der alte Knabe nichts sagt. Und wenn er es doch meldet, sagt er vielleicht nur, dass ich runtergefahren bin, nicht rauf.

Sie werden eh bald merken, dass ich weg bin. Wahrscheinlich wissen sie es bereits. Ich darf keine Zeit verlieren. Der Aufzug fährt weiter aufwärts. Gut so. Nicht anhalten. Er hält nicht an. Er steigt immer höher. Noch drei Stockwerke, noch zwei, noch eins.

Pling!

Das oberste Stockwerk. Die Türen gehen auf. Da ist niemand, Gott sei Dank. Leises Geplauder dringt von links um die Ecke. Ich schleiche raus. Die Türen schließen sich hinter mir. Der Aufzug surrt wieder nach unten. Ich blicke nach links und nach rechts.

Wie ich gehofft habe, sind hier oben keine Krankenzimmer. Ich war noch nie hier. Aber ich weiß, was ich tun muss. In meinem Zustand ist das zwar gefährlich, aber ich habe keine andere Wahl. Und wenn ich sterben muss, sollen es nicht meine Feinde sein, die mir den Rest geben. Verstehst du, was ich meine?

Aber ich bin noch nicht tot, Bigeyes.

Ich habe noch eine Chance. Wenn ich nur die nötige Kraft aufbringe.

Ich schaue mich um, checke die Lage. Von links höre ich immer noch leise Stimmen. Männer, die sich unterhalten. Es ist niemand zu sehen, aber am Ende des Flurs steht eine Tür halb offen. Wer ihr auch seid, solange ihr da drin bleibt, ist alles okay. Ich schleiche rechts um die Ecke. Ein schmaler Flur, Büros und so.

Wo ist das, was ich suche?

Da.

Zutritt für Unbefugte verboten.

Eine Tür nach draußen. Eine kleine Wendeltreppe nach oben. Noch ein Notausgang. Ich schaue mich um. Immer noch keine Spur von irgendwem. Das ist gut. Ich dachte, ich müsste mich mit eingezogenem Kopf hinschleichen. Ich husche zu der Tür rüber und schaue mich wieder um.

Niemand da.

Ich öffne die Tür und schließe sie hinter mir. Der Wind schlägt mir ins Gesicht wie eine Faust. Verdammt, es ist saukalt hier, Bigeyes. Mir wird vor Schmerz ganz schwummrig im Kopf. Ich kann nicht lange hier oben bleiben. Ich muss schnell machen. Herumtrödeln bringt nichts.

Okay, es gibt zwei Wege runter. Einen schlechten und einen noch schlechteren.

Aber bevor wir uns entscheiden, müssen wir die Lage checken. Hör zu, Bigeyes – ich werde dir was sagen. Ja, es gibt noch was, das ich dir nicht erzählt habe. Du wirst drüber wegkommen. Ich habe gesagt, dass ich noch nie in diesem Krankenhaus war. Das stimmt auch. Aber etwas habe ich dir nicht erzählt.

Ich war schon *auf* dem Krankenhaus.

Genau, ich war hier oben. Das Dach ist ein guter Platz, wenn es warm ist und man unsichtbar bleiben muss. Ich kam oft hier hoch, als ich neu in der Stadt war und meine Hütten noch nicht gefunden hatte.

Aber ich war schon eine ganze Weile nicht mehr hier. Das war nicht nötig. Ich habe inzwischen genug andere Plätze zum Abhängen. Aber am Anfang war dieses Dach ein guter Platz. Und es gibt noch viele andere brauchbare Dächer. Es ist wie eine Stadt für sich hier oben. Und es ist sicherer als unten auf den Straßen.

Wenn man sich erst auskennt, kommt man leicht überallhin. Denn ich sage dir noch was – ich kann zwar nicht schnell rennen, aber dafür gut klettern. Und ich weiß, wie ich von hier wegkomme. Wie gesagt, es gibt zwei Wege.

Der eine wäre der Hammer, wenn ich gesund wäre. Aber das bin ich nicht, deshalb ist er schlecht. Nicht nur schlecht, sondern lebensgefährlich. Und was den anderen betrifft, tja, checken wir ihn ab. Aber ich weiß bereits, was ich sehen werde.

Komm mit, Bigeyes. Ich zeige dir, wie viele Feinde ich habe. Rüber zum Rand des Daches. Hock dich hin und schau drüber. Check die Lage. Was siehst du da unten?

Nichts?

Schau noch mal runter. Ich weiß, es ist dunkel, aber schau genau hin. Was siehst du? Immer noch nichts? Bist du blind oder was? Dort, ganz links. Siehst du die Straße, die vom Parkplatz wegführt? Das ist die Whiteacre Lane. Wie viele Gestalten erkennst du?

Mensch, Bigeyes, hast du Tomaten auf den Augen? Aber vielleicht habe ich einfach mehr Übung. Ich mache das ja schon mein Leben lang. Alles abchecken. Erkennen, wo Ärger droht.

Dort, am Ende der Straße ist eine Gestalt. Eine zweite auf der Belton Avenue. Eine dritte weiter hinten. Eine vierte an der Ecke zum Nelson Drive. Und in einigen der Autos sitzen bestimmt noch mehr.

Ja, ich weiß. Du denkst, das sind nur irgendwelche Gestalten. Harmlose kleine Leute, die ihr harmloses Leben leben. Aber das stimmt nicht, Bigeyes. Das sind Feinde. Das erkenne ich sofort. Und ich bin noch nicht fertig. Komm weiter, zur anderen Seite des Dachs. Check wieder die Lage da unten.

Siehst du sie?

Auf dieser Seite des Gebäudes sind auch welche. Komm weiter. Da sind noch mehr. Zähl sie. Wie viele hast du gesehen? Ich bisher zwölf. Und das sind bestimmt noch nicht alle. Ich schätze, da sind mindestens zwanzig rund ums Krankenhaus. Und in den Straßen drum herum werden noch mehr sein, für den Fall, dass ich an den anderen vorbeikomme.

Du musst nicht den Kopf schütteln.

Das sind Feinde. Aus der Vergangenheit.

Und sie sind zurückgekommen.

Deshalb können wir nicht die Ausgänge benutzen. Deshalb können wir nicht die Nottreppe nehmen, um runterzukommen. Es bleibt also nur ein Weg. Wie erwartet.

Bringen wir es hinter uns.

Zur Rückseite des Dachs, weg vom Haupteingang. Schleich zum Rand. Schau drüber. Was siehst du von dieser Seite aus?

Ja, ja, andere Gebäude. Die gehören zum Krankenhaus. Was noch? Weiter hinten einen Sportplatz, okay. Den meine ich nicht. Schau direkt über den Rand, an der Rückwand runter. Was siehst du?

Noch eine Nottreppe.

Über die bin ich immer hier hochgekommen. Aber die können wir auch nicht nehmen. Jedenfalls nicht bis ganz unten. Zu riskant. Die Typen beobachten auch diesen Teil des Gebäudes. Aber ein kleines Stück können wir die Treppe schon runtersteigen. Sie ist so hoch, dass die Kerle da unten uns in der Dunkelheit wahrscheinlich nicht sehen können.

Wir müssen es jedenfalls versuchen.

Also los.

Ich steige über den Rand auf die oberste Stufe, hole den zweiten Fuß nach und beginne runterzuklettern. Der Wind setzt mir jetzt übel zu. Ich zittere. Mir ist immer noch schwummrig im Kopf und der Schmerz wird schlimmer. Meine Wunde blutet wieder. Aber ich kann nicht stehen bleiben und mich um sie kümmern. Ich muss weiter, und das ist noch das leichteste Stück des Weges.

Sechs Meter runter, siebeneinhalb, neun.

Stopp.

Jetzt wird's gefährlich. Schau nach links, Bigeyes, direkt an der Wand entlang. Genau, da ist ein Sims. Ja, ich weiß, er ist ziemlich schmal, aber er ist stabil. Das weiß ich, weil ich schon mal draufstand.

Und wir haben jetzt nichts anderes.

Halt dich am Geländer fest, setz einen Fuß vorsichtig von der Treppe auf den Sims, dann den anderen. Lass das Geländer los. Verdammt, Bigeyes, das ist schlimmer, als ich es in Erinnerung hatte. Und es war schon schlimm genug, als ich nicht so angeschlagen war. Ich fühle mich wieder ganz wacklig auf den Beinen. Und der Wind wirbelt heftiger denn je.

Bleib ruhig, ganz ruhig, atme tief durch. Da ist jetzt nichts mehr, woran ich mich festhalten könnte, nur die glatte Wand vor mir. Ich wende das Gesicht nicht von der Wand ab, atme noch mal tief durch und bewege mich vorsichtig weiter, Schritt für Schritt. Ich muss die andere Ecke erreichen. Ich muss nur … die andere Ecke erreichen.

Schritt für Schritt.

Der Wind wird schlimmer. Kälter und stärker. Ich will einen Blick nach unten werfen, nachsehen, ob da Feinde sind, die mich beobachten, aber ich kann nicht. Mein Gesicht ist dicht an der Wand, und ich traue mich nicht, es wegzudrehen.

Schritt für Schritt.

Die Ecke kommt näher. Noch zehn Schritte und ich bin da. Wenn ich mich nur aufrecht halten kann und nicht schlappmache. Denn ich sage dir, Bigeyes, ich kann und will bald nicht mehr.

Da ist die Ecke.

Und die nächste Herausforderung. Denn es ist noch nicht vorbei, Bigeyes. Das letzte Stück war ein Kinderspiel. Jetzt wird es schwieriger. Hand um die Ecke, dann den Arm, und nun vorsichtig rüber auf die andere Seite. Was siehst du jetzt, Bigeyes?

Ja, der Sims geht an dieser Wand weiter. Und weiter hinten?

Ein Regenrohr läuft durch eine Lücke im Sims, nach oben und nach unten. Genau, Bigeyes. Das müssen wir erreichen. Dann müssen wir daran runterklettern. Und dann …

Folge dem Rohr mit den Augen.

Nach zehn oder vielleicht auch zwölf Metern ist so ein kleines Abflussding in der Wand. Siehst du es? Eine Art Steinbecken. Frag mich nicht, wofür das ist. Aber da stellen wir uns drauf. Von dort springen wir ab. Wohin?

Schau nach links und runter.

Ja, Bigeyes. Ich habe dir doch gesagt, dass dieser Weg der Hammer ist. Wir müssen auf das Dach des Hotels

Grosvenor springen. Frag mich nicht, wie tief das ist. Ich will gar nicht darüber nachdenken. Tief genug, um sich ein paar Knochen zu brechen, wenn man schlecht landet.

Aber die Alternative ist viel schlimmer.

Und man kann da runterspringen. Es gibt Kids, die tun so was andauernd. Ich war mal gut darin. Dieser Sprung kann sogar Spaß machen, wenn man weiß, wie's geht. Wenn man drauf steht, über Dächer zu springen. So wie ich früher. Als ich fit war. Und verzweifelt.

Aber jetzt bin ich nicht fit.

Nur verzweifelt.

Deshalb muss ich diesmal wohl einfach springen und das Beste hoffen. Wenn ich es schaffe, habe ich eine Chance, mich in Sicherheit zu bringen. Wenn nicht, dann reichen die drei oder vier Sekunden Fall gerade, um der lieben Becky Auf Wiedersehen zu sagen, bevor ich am Boden zerschelle.

Gehen wir.

Den Sims entlang, vorsichtig. Schritt für Schritt. Nicht stehen bleiben, Bigeyes. Ich mache das nicht allein. Geh immer weiter. Wenn man zaudert, blockiert einen der Kopf. Dann ist man erledigt. Man muss immer weitergehen und denken, dass es zu schaffen ist.

Denn es ist zu schaffen.

Das sage ich mir immer wieder. Ich weiß, dass ich

schwer angeschlagen bin. Mein Körper funktioniert nicht mehr richtig und mein Kopf auch nicht. Aber ich muss mir immer wieder sagen, dass ich es schaffe. Ich war fähig, diesen Mistkerl festzusetzen. Die Angst hat mir etwas verliehen, das ich nun wieder brauche.

Sofort oder in wenigen Minuten, wenn ich auf dem Rand dieses Steindings stehe. Die Kraft, die Nervenstärke, das Glück oder was es auch war, das die Angst mir in dieser Abstellkammer verliehen hat, ich muss es wiederfinden. Die Angst muss mir noch mal helfen.

Da ist das Regenrohr. Jetzt muss ich höllisch aufpassen und mich gut festhalten. Jetzt geht es nicht mehr darum, aufrecht zu stehen, was schwer genug war. Jetzt brauche ich Kraft. Ich muss mich an diesem Rohr festklammern. Wenn es mir aus den Armen rutscht, falle ich.

Dann ist es vorbei.

Vorsichtig ein Bein um das Rohr legen, den Fuß nach hinten schieben und die Zehen zwischen das Rohr und die Wand klemmen. Es fühlt sich okay an, aber ich habe noch kein Gewicht auf den Fuß verlagert. Atme tief durch, noch mal. Das gefällt mir nicht, Bigeyes. Ich fühle mich nicht sicher.

Aber ich muss es tun.

Ich lege den Arm um das Rohr, halte mich daran fest, so gut ich kann, und bewege den Körper rüber. Jetzt hänge ich an dem Rohr und spüre, wie mein Gewicht mich nach hinten zieht. Ich umklammere das Rohr noch fester. Ich bin immer noch da. Ich bin nicht abgestürzt. Noch nicht.

Jetzt vorsichtig runterklettern. Den anderen Fuß zwischen Rohr und Wand klemmen, dann wieder den ersten. Mit den Armen umschlinge ich weiter das Rohr. Ich fühle mich wie ein Baby, das sich an seine Mama klammert. Und genauso schwach. Aber ich bewege mich abwärts, Stück für Stück.

Ich drehe den Kopf, schaue nach unten. Ich erkenne das beckenartige Steinding. Darunter lauert der Abgrund. Und da drüben, nur einen Sprung entfernt, ist das Flachdach des Hotels Grosvenor. Ich klettere weiter abwärts. Ich darf nicht hektisch werden. Ich muss einen kühlen Kopf bewahren. Wenn ich ruhig bleibe, bleibe ich am Leben.

Das hoffe ich jedenfalls.

Ja, ich muss das Beste hoffen.

Da ist das Steinding. Ich setze einen Fuß auf seinen Rand und umklammere weiter mit beiden Armen das Regenrohr. Ich will es nicht loslassen, aber ich muss. Ich muss mich umdrehen und runterschauen, in den Abgrund, auf das Dach. Tief durchatmen, noch mal, und umdrehen.

Langsam.

Ich lasse mit einer Hand los, weil ich mich sonst nicht umdrehen kann. Mit dem rechten Arm umschlinge ich noch das Regenrohr, aber der linke Arm ist nun frei. Ich habe mich halb umgedreht und teste, ob ich auf dem Rand des Steinbeckens einen festen Stand habe. Wo Regenwasser aus dem Rohr gespritzt ist, ist der Stein nass und rutschig. Aber ich muss dem Ding trauen. Es gibt sonst nichts, wo ich mich draufstellen könnte.

Irgendwie muss ich meinen rechten Arm freibekommen.

Ich ziehe ihn vorsichtig vom Regenrohr weg und drehe mich ganz um. Nun sind beide Arme hinter mir und die Hände umklammern das Regenrohr. In meinem ganzen Leben habe ich mich noch nie so nackt gefühlt. Und ich habe mich oft nackt gefühlt, Bigeyes. Das kannst du mir glauben.

Doch jetzt ist nicht der passende Augenblick, um darüber zu reden.

Jetzt muss ich springen.

Aber ich kann nicht. Ich bin wie gelähmt. Ich stehe stocksteif auf einem Wandvorsprung und blicke runter zum Erdboden tief unter mir. Aber es ist so dunkel, dass ich ihn kaum sehe. Da unten ist kein Licht. Auf dieser Seite des Krankenhauses ist nur eine Lieferantenzufahrt.

Aber ich kann keine Lieferwagen erkennen, und auch keine Gestalten.

Vielleicht sind da unten Feinde. Vielleicht auch nicht. Das ist mir inzwischen egal. Denn jetzt bleibt nur noch eines. Nur ein Weg. Ich spähe über das Dach des Hotels. War es immer schon so weit weg? Früher habe ich diesen Sprung zum Spaß gemacht.

Aber es ist lange her, dass ich irgendwas zum Spaß gemacht habe.

Auf Wiedersehen, Bigeyes.

Wieder völlige Dunkelheit und die Frage: Bin ich tot oder was ist das für ein Ort? Denn weißt du was, Bigeyes? Inzwischen weiß ich nicht mehr, was lebendig und was tot ist. Und inzwischen ist mir das fast egal. Sicher ist nur, dass es dunkel ist. Und ich höre Sirenen. Dann kapiere ich, was los ist.

Der Tod hat mich schon wieder drangekriegt. So ein Halunke. Ich hasse ihn. Aber allmählich bekomme ich Respekt vor ihm. Ich sage dir, er arbeitet mit allen Tricks. Jedenfalls bei mir. Bei anderen nicht. Der Mann im Lagerraum ist wirklich tot. Keine Frage, der kommt nicht zurück. Ebenso wenig wie die liebe Becky. Und frag mich nicht, wie viele andere auch nicht.

Aber ich? Ich und der Tod? Er spielt mit mir. Er macht

sich einen Spaß daraus. Es gefällt ihm, wenn ich nicht weiß, ob ich noch lebe oder schon tot bin. Er überlässt mich der Dunkelheit. Mit Fragen im Kopf. Und Sirenengeheul im Ohr. Schon wieder. Und dann weiß ich es.

Ich lebe. Ich liege irgendwo. Das Dach des Hotels, das ist es. Ich war wieder bewusstlos. Aber jetzt bin ich wach. Und mir tut alles weh. Ich schlottere und stöhne und heule dumme kleine Tränen aus meinen dummen kleinen Augen.

Und irgendwo unten höre ich Sirenen heulen. Ich weiß, was das bedeutet. Sie haben die Leiche gefunden. Sie haben gemerkt, dass ich weg bin. Die Frage ist: Wer weiß, wo ich jetzt bin?

Bist du da, Bigeyes? Ich kann dich nicht sehen. Vielleicht bist du gegangen. Ich habe die Augen doch offen, oder? Ach nein, verdammt, sie sind ja zu.

Ich öffne die Augen. Es ist immer noch dunkel. Aber ich kann den Nachthimmel klar und deutlich sehen. Ich liege auf dem Rücken. Mein Körper schmerzt. Ich zittere vor Kälte und weine und schaue zum Himmel rauf.

Die Sterne sind rausgekommen.

Und der Mond. Ein großer, heller Mond mit einem komischen Gesicht.

Gott, ist das schön.

Wo bist du, Bigeyes? Ich kann dich immer noch nicht

entdecken. Aber das macht nichts. Ich sehe den Mond und die Sterne. Und die gefallen mir eh besser als du. Doch jetzt spüre ich, dass du da bist. Wie ein stinkendes Hemd klebst du immer noch an mir.

Ich weiß nicht, ob mich das freut. Ich weiß nicht, wie ich das finde.

Ich weiß nur, dass ich nicht hierbleiben und den Himmel anschauen kann. Wenn ich hierbleibe, wird der Tod keine Spielchen mehr mit mir treiben, sondern Ernst machen. Er wird mich in seinen Sack stecken und mitnehmen. Aber ich sage dir was, Bigeyes. Wenn ich heute Nacht sterben müsste, würde ich gerne so sterben.

Mit Blick auf die Sterne und den Mond mit dem komischen Gesicht.

Aber ich bin noch nicht bereit, abzutreten.

Ich muss von hier verschwinden. Und du auch, Bigeyes. Wir kommen hier weg. Ich habe es bis auf dieses Dach geschafft. Ich kann jetzt nicht aufgeben. Nicht solange wir noch eine Chance haben. Aber eins nach dem andern. Zuerst muss ich schauen, ob ich mich verletzt habe.

Nichts. Ich muss gut gelandet sein. Ich kann mich nicht erinnern. Weder an den Sprung noch an die Landung. Ich muss instinktiv alles richtig gemacht haben. Ich kann mich auch nicht erinnern, mir irgendwo den Kopf angeschlagen zu haben. Ich bin wohl nur vor Erschöpfung ohnmächtig geworden.

Die Frage ist: Wie viele Reserven habe ich noch?

Ich rolle mich auf die Seite. Mir tut alles weh, aber es ist nichts gebrochen, nicht mal verstaucht. Steh auf. Rappel dich hoch. Zwing dich dazu. Ich stehe auf und schwanke wieder. Mein Kopf ist benebelt, aber die Kälte hilft. Ich muss aufpassen, nachdenken, unsichtbar bleiben. Feinde lauern auf den Straßen um das Krankenhaus und die anrückenden Bullen haben sie wahrscheinlich noch weiter zerstreut.

Durch die Hotelausgänge komme ich nicht raus. Die sind zu nahe am Krankenhaus. Ich muss noch ein bisschen von Dach zu Dach hüpfen. Zum Glück sind die Sprünge von hier aus leichter. Und zum Glück weiß ich, wo's langgeht. Vielleicht kann ich sogar auf meinen ersten Plan zurückkommen.

Die Hütte. Wie gesagt, ich habe eine hier in der Nähe. Wenn ich es dorthinschaffe, ohne dass meine Feinde oder die Bullen mir in die Quere kommen, kann ich mich ausruhen, meinen Kopf klarkriegen und aus der Stadt verschwinden.

Denn ich kann nicht hierbleiben, Bigeyes. Die Stadt ist für mich passé. Sie ist gut zu mir gewesen. Aber wenn ich noch länger hierbleibe, wird sie mein Grab. Ich muss abhauen, an irgendeinen sicheren Ort, wenn ich einen finde. Wenn nicht, dann …

Zurück zum Monster. Ja, zum großen Monster.

Habe ich dir schon von ihm erzählt?

Ich glaube nicht. Denn ich rede nicht gern über das Monster. Es ist ein Ort, Bigeyes. Ein riesengroßer Ort. Größer als die Stadt, viel größer. Und er ist nicht freundlich. Die Stadt ist wenigstens manchmal freundlich. Aber das Monster nie. Das willst du nicht sehen.

Ich auch nicht. Aber ich bin am Überlegen, weißt du. Wenn ich kein anderes Versteck finde, muss ich vielleicht doch dorthin zurück. Ich will es nicht. Das Monster ist der letzte Ort auf der Welt, wo ich hinwill.

Dort haben sie mich zum ersten Mal erwischt. Dort würden sie mich nie vermuten. Vielleicht könnte ich den Kampf in ihr Territorium verlagern. Aber jetzt rede ich Schwachsinn. Erst mal muss ich am Leben bleiben, die nächsten fünf Minuten überstehen.

Das Monster kann warten. Ich werde ein andermal darüber nachdenken.

Los, über das Dach, nach Osten. In der Mitte halten. Das Hotel ist perfekt, um unsichtbar zu bleiben. Im Moment jedenfalls. Das einzige Gebäude, das noch höher ist, ist das Krankenhaus. Ich hoffe, dass niemand aus den oberen Stockwerken runterschaut.

Aber dagegen könnte ich jetzt eh wenig tun. Wenn ich Glück habe, sind dort alle zu sehr mit der Leiche beschäftigt. Aber schon bald werden rund um diesen Bezirk Polizeisperren sein. Die Bullen werden wissen, dass ich nicht weit komme.

Deshalb muss ich so schnell wie möglich weg von hier.

Ich habe den Rand des Hoteldachs erreicht. Nun geht der Spaß von vorne los. Das Regenrohr runter, ein einfacher Sprung auf das Dach der Bank. Mit sicherem Abstand zur Straße über die Ziegel bis zum Rand des Dachs. Das Regenrohr runter auf die nächste Ebene und noch ein einfacher Sprung auf die Bücherei. Nun bleibt es eine Weile kinderleicht.

Die Gebäude stehen dicht beieinander. Ihre Dächer sind fast wie eine große Terrasse. Ich hoffe, dass ich durch irgendein Fenster reinkomme, damit ich mich runter auf die Straße schleichen kann. Ich weiß ein Fenster, das früher immer leicht aufging, weil die Verriegelung kaputt und das Holz morsch war. Zudem befindet es sich am Ende der Häuserreihe. Das ist die beste Stelle, um von hier wegzukommen.

Ich klettere weiter. Ich beeile mich jetzt, aber ich muss aufpassen. Meine Hände und Beine funktionieren zwar irgendwie, aber noch nicht richtig. Sie finden ihren Weg nur mühsam. Mein Kopf macht mir immer noch zu schaffen. Mir ist so schwummrig, dass ich Angst habe, wieder ohnmächtig zu werden.

Ich will mich nur noch irgendwo aufwärmen und ausruhen.

Selbst wenn das bedeutet, dass ich nie mehr aufwache.

Ich muss dagegen ankämpfen. Ich muss das Leben mehr wollen als den Tod.

Wieder ein Dach geschafft. Noch eins, dann noch eins. Auf den Straßen unten heulen immer noch Sirenen. Wie viele Bullen sind jetzt schon vorbeigekommen? Ich weiß es nicht. Alle steuern auf das Krankenhaus zu. Und ich kämpfe mich in die andere Richtung weiter.

Wenn ich nur auf die Straße runterkomme. Dann sind es nur noch fünf Minuten bis zu meiner Hütte.

Ein weiteres Dach liegt hinter mir. Noch eins, und da ist sie. Die Pizzeria. Das Restaurant ist im Erdgeschoss. Im oberen Teil des Gebäudes sind Büros, Lagerräume und so was. So spät am Abend ist da nie jemand. Ich hoffe nur, dass keiner dieses alte Fenster repariert hat.

Wenn das Haus noch denselben Leuten gehört, könnten wir Glück haben.

Über die Dachziegel zur anderen Seite, im Kriechgang, damit mich niemand sieht. Am Regenrohr runter auf das flache untere Dach, rüber zur anderen Seite, um die Ecke und das nächste Regenrohr runter. Jetzt muss ich noch mehr aufpassen, weil wir viel näher an der Straße sind. Unter uns ist zwar nur eine Seitengasse, aber da laufen Leute hin und her.

Und die sind jetzt nervös, weil die Bullen ihre Sirenen angeworfen haben.

Aber da ist das Fenster.

Ja, das gute Ding ist so marode wie immer. Am Regenrohr festhalten, die Lage checken. Stimmen aus der Seitengasse unten. Zwei Kellner aus der Pizzeria machen eine Zigarettenpause. Ich muss warten, bis sie weg sind. Sie könnten hören, wie ich mich am Fenster zu schaffen mache.

Noch eine Sirene von der Straße drüben. Leute laufen zurück, um zu gaffen.

Jetzt kräftig am Fenster ziehen und den Riegel zurückstoßen. Das Fenster geht auf und ich bin drin. Ich schließe es hinter mir und schleiche durch das Zimmer zum Treppenabsatz raus. Ich weiß, wo diese Treppe hinführt. Ich habe hier schon übernachtet, zwischen den Kisten in einem der Lagerräume, als es zu kalt wurde, um auf dem Dach zu pennen. Das alte Treppenhaus sieht immer noch gleich aus.

Ich muss nicht am Restaurant vorbei.

Ich kann den Hinterausgang benutzen.

Ich schleiche mich vorsichtig die Treppe runter. Mein

Kopf tut immer noch weh. Ich will mich nur noch hinlegen, aber ich spüre, dass ich hier rauskommen werde, und bis zu meiner Hütte sind es nur ein paar Minuten. Im Erdgeschoss warte ich kurz in einer dunklen Ecke neben der Kellertür. Ich höre Stimmen aus der Küche. Und von weiter vorn den Restaurantlärm.

Ich husche am Keller vorbei und durch die Hintertür in den Hof raus. Auf der Straße drüben heult noch eine Sirene vorbei. Aber der Hof geht auf die Seitengasse raus. Ich schaue mich um. Die Gasse ist dunkel und leer. Keine Bullen, keine Feinde.

Niemand.

Ich laufe los.

Am Ende der Gasse schaue ich mich wieder um, dann laufe ich über die Straße in eine andere Gasse und checke die Lage. Am Ende der Gasse schaue ich mich noch mal um.

Und zur Sicherheit gleich noch mal.

Denn ich traue meinen Augen nicht. Sie funktionieren nicht richtig. Nichts funktioniert richtig. Auch mein Gehirn nicht. Aber ich muss irgendwie denken. Ich muss mich dazu zwingen. Es ist nicht mehr weit. Aber ich muss ungesehen reinkommen. Ich muss sicher sein, dass mich niemand verfolgt.

Ich checke noch mal die Gasse.

Keine Spur von einem Verfolger. Das hat nichts zu sagen. Die Schlauen sieht man meistens nicht. Aber man kann sie spüren, wenn man auf Draht ist. Nur bin ich das im Moment leider nicht. Ich traue mir nicht. Ich traue keinem Teil von mir.

Deshalb bin ich gefährlich.

Für mich selbst.

Da ist niemand in der Gasse hinter mir. Aber ich habe trotzdem ein ungutes Gefühl.

Ich gehe langsam und mit gesenktem Kopf weiter und halte mich dicht an der Wand seitlich der Maple Street. Jetzt sehe ich Leute. Am Ende der Straße unterhalten sich zwei alte Männer. Der eine lehnt an seiner Haustür, der andere steht auf dem Bürgersteig.

Harmlose Opas.

Aber ich muss außer Sicht bleiben. Die beiden werden bestimmt von mir hören. Vielleicht haben sie bereits von mir gehört. Und mit dieser Kopfwunde falle ich auf. Ich verdrücke mich nach rechts, in die Wesley Lane. Es ist besser, einen großen Bogen um die beiden Alten zu machen.

Aber auf der Wesley Lane sind noch mehr Leute.

Eine Schar Teenager mitten auf der Straße. Sie streiten sich heftig wegen irgendwas. Drei Typen brüllen ihnen vom Bürgersteig aus zu, dass sie gefälligst woanders rumschreien sollen. Ein Teenager stänkert zurück.

Stopp, bleib am Straßenrand, beobachte die Situation, warte.

Die Teenager machen noch ein paar freche Bemerkungen, dann verziehen sie sich. Und die drei Typen ebenfalls. Ich laufe weiter, folge den Teenagern mit großem Abstand. Sie streiten sich immer noch. Ein dicker Schwarzer ist der Anführer. Er hat Zoff mit einem anderen Jungen. Ein Machtspielchen.

Was soll's? Solange sie mit ihrem Radau alle Aufmerksamkeit auf sich ziehen und weiterlaufen. Halte Abstand, Bigeyes. Lass ihnen einen großen Vorsprung. Folge ihnen langsam. Bleib am Straßenrand.

Auf der anderen Straßenseite sind auch Leute. Siehst du den alten Mann da drüben? Aber der beobachtet die Bande, nicht mich. Aus sicherer Entfernung. Weiter hinten ist noch ein Mann, der auch ihren Streit verfolgt. Ich hätte nie gedacht, dass Banden so nützlich sein können.

Der schwarze Anführer macht immer noch den anderen Jungen aus seiner Bande an.

Wenn das so weitergeht, wird es bald zu einem Kampf kommen. Und das will ich nicht. Sie sollen nur weiterstreiten und weiterlaufen, bis ich am Ende der Straße links abbiegen kann. Scheinwerfer tauchen unten auf der Straße auf.

Ich verstecke mich hinter einem Lieferwagen, lasse das Auto vorbeifahren und gehe weiter.

Die Bande ist inzwischen fast an der Kreuzung. Aber sie ist stehen geblieben. Mensch, Bigeyes, was hat dieser schwarze Junge bloß? Er provoziert den anderen weiter. Er soll endlich die Klappe halten und mit seiner Bande weiterlaufen. Ich habe fast keine Kraft mehr. Wenn ich nicht bald in meine Hütte komme, mache ich schlapp.

Die Bande setzt sich wieder in Bewegung.

Sie läuft nach rechts, die Sedgemore Lane runter. Ich warte noch ein Weilchen. Dann laufe ich weiter, zur Kreuzung, und schaue mich um. Die Bande ist nun schon ein gutes Stück entfernt und keiner blickt zurück. Ich biege nach links ab, laufe die Straße runter, dann wieder nach links, in die Piper Lane.

Jetzt müssen wir gut aufpassen, Bigeyes. Schau dich genau um. Du musst jetzt auf Draht sein, weil ich es mit meinem Matschkopf nicht bin, okay? Wir sind fast da. Nur noch ein kurzer Spaziergang. Aber niemand darf uns sehen.

Kein Mensch.

Also check die Umgebung, schau besonders genau nach hinten. Denn das hier ist eine Sackgasse.

Wenn wir hier erwischt werden, sind wir verloren.

Es sieht gut aus. Ich wünschte nur, ich wäre fitter im Kopf. Ich habe Angst, dass ich was übersehe. Aber ich habe keine Wahl. Ich muss in diese Hütte kommen und mich ausruhen. Ich halte vielleicht noch fünf Minuten durch, wenn überhaupt. Also weiter, die Gasse runter.

Alles ruhig, wie meistens, Gott sei Dank. Das ist das Gute an dieser Hütte. Der Nachteil ist, dass dort diese Alte wohnt. Genau, Bigeyes. Ich zeige dir eine neue Art von Hütte. Eine riskantere.

Du hast schon ein paar meiner Hütten für die Nacht gesehen, und eine für den Tag. Aber die waren alle leer, nicht? Also, das ist jetzt eine von der dritten Sorte. Eine, wo jemand da ist.

Das funktioniert nur bei bestimmten Häusern und bei bestimmten Leuten. Ich benutze diese Hütten nur ungern. Sie sind riskant, selbst wenn die Bewohner wirr im Kopf sind. Ich greife nur in Notfällen auf sie zurück. Und das ist ein Notfall.

Aber in dieser Hütte müsste ich sicher sein. Die Alte ist ziemlich schwerhörig und sie hat ein lahmes Bein. Sie verbringt die meiste Zeit im Erdgeschoss. Dort hat sie ihr Schlafzimmer mit Bad und alles, was sie sonst noch braucht.

Sie ist extrem geizig und eine Giftspritze. Ich habe schon gehört, wie sie ihre Mieter niedergemacht hat, wenn sie sich beklagt haben. Sie investiert keinen Penny in die vermieteten Zimmer, aber in ihren eigenen Räumen hat sie alles, was es nur gibt. Sie wohnt da unten wie in einem verdammten Palast. Späh durch die Fenster, dann siehst du, was ich meine.

Sie ist ein böses Weib.

Inzwischen sind alle Mieter ausgezogen. Deshalb benutze ich ihr Dachzimmer, wenn ich keine andere Wahl habe. Aber wir müssen leise sein, Bigeyes. Durch die Hintertür und vorsichtig bewegen, okay?

Da ist das Haus. Der große alte Kasten am Ende der Gasse. Rechts unten brennt Licht und die Vorhänge sind zugezogen. Siehst du's? Das ist ihr Wohnzimmer. Wahrscheinlich ist sie da drin und sieht fern. Gehen wir.

Ich bleibe am Haus stehen und schaue mich um. In der Gasse ist alles ruhig. Das ist eine verschlafene Gegend. Ich weiß nicht, ob das gut oder schlecht ist. Normalerweise ist es gut. Aber im Moment macht mich alles misstrauisch. Es sieht nicht so aus, als würde mich irgendwer von der Straße oder den anderen Häusern aus beobachten.

Keine Spur von der alten Hexe.

»Du!«

Verdammt, das ist sie. Sie steht in der Haustür. Ich habe weder gesehen noch gehört, dass sie rausgekommen ist. Was ist los mit mir? Sonst entgeht mir so was nicht.

»Du!«, ruft sie wieder.

Sie sieht mich direkt an.

»Warum lungerst du hier herum?«

»Ich lungere nicht herum.«

»Doch! Du stehst vor meinem Haus. Und das ist eine Sackgasse. Sie führt nirgendwohin. Also was machst du hier?«

»Ich habe mich verirrt.«

»Du hast dich nicht verirrt. Ich habe dich früher schon hier herumlungern sehen.«

Ich fass es nicht, Bigeyes.

»Also was willst du hier?«, fragt sie.

Ich drehe mich um und laufe los, die Gasse runter. Da schreit sie mir hinterher, im selben herrischen Ton.

»Hilf mir das tragen!«

Ich bleibe stehen und blicke mich um. Sie ist im Haus verschwunden, aber die Haustür steht noch offen. Jetzt kommt sie mit einer großen Kiste zurückgehinkt.

»Nimm sie, Herrgott noch mal!«, ruft sie.

Ich eile zurück und zur Haustür rauf und packe die Kiste.

Sie ist randvoll mit zerbrochenem Geschirr und leeren Blumentöpfen. Die Alte sieht mich gebieterisch an.

»Bring sie zu der grünen Mülltonne neben dem Haus.«

Ich trage die Kiste um die Ecke, stelle sie ab und gehe

zurück. Die Alte steht immer noch in der Haustür. Sie mustert mich kritisch, als wäre ich besoffen, dann bellt sie noch eine Frage.

»Was hast du mit deiner Stirn gemacht?«

»Nichts.«

»Du hast da eine lange Schnittwunde. Warst du in einen Kampf verwickelt?«

»Ich muss gehen.«

»Warte hier.«

Sie verschwindet ins Haus und kommt einen Augenblick später zurück.

»Beug dich vor.«

Ich beuge mich vor. Sie tupft etwas Feuchtes auf meine Stirn. Es brennt höllisch.

»Halt still!«

Sie sieht mich streng an und tupft weiter. Dann drückt sie mir ein großes Pflaster auf die Stirn.

»Du musst die Wunde ärztlich behandeln lassen.« Noch ein strenger Blick. »Ich habe sie nur notdürftig versorgt. Du solltest in ein Krankenhaus gehen. Und halte dich künftig aus Kämpfen heraus!«

Sie macht einen Schritt zurück und mustert mich wieder von oben bis unten.

»Und jetzt verschwinde.«

Dann schließt sie die Tür.

Aber ich verschwinde nicht. Ich kann nicht, Bigeyes. Ich habe keine Kraft mehr, um woanders hinzugehen. Ich muss hierbleiben. Ich schaue mich um. Die Alte scheint nicht rauszuspähen, und ich sehe auch keine anderen Leute, die mich beobachten könnten.

Ich schleiche ums Haus, zur Rückseite.

Alles ist ruhig. In der Küche sind die Vorhänge nicht zugezogen. Schau durchs Fenster, Bigeyes. Siehst du, was ich meine? Alles vom Feinsten. Der Alten fehlt's nicht an Geld. Check die Hintertür. Normalerweise ist sie nicht abgeschlossen, aber ich habe einen Nagel unter diesem Stein deponiert, für den Fall, dass ich das Schloss knacken muss.

Wir haben Glück. Die Tür ist nicht abgeschlossen. Ich öffne sie vorsichtig und lausche. Ich höre den Fernseher aus dem Wohnzimmer. Wahrscheinlich ist die Alte dort. Ich schlüpfe ins Haus und schließe die Tür. Okay, Bigeyes, hör zu.

Es gibt einfache Regeln für diese Hütte. Wir bewegen uns schnell und leise. Wir müssen unbemerkt am Wohnzimmer vorbei und rauf ins Dachgeschoss kommen. Aber wir nehmen was zu essen mit. Äpfel, Pastete, Mineralwasser. Das wird genügen. Also los.

Den Flur runter, am Wohnzimmer vorbei, die Treppe rauf. Im ersten Stock bleibe ich kurz stehen und lausche.

Aus dem Wohnzimmer höre ich ein Husten. Der Fernseher läuft noch. Rauf in den zweiten Stock. Ich lausche wieder. Alles in Ordnung. Schau dich um, Bigeyes. Siehst du die Schränke? Sie sind der andere Grund, warum ich hierherkomme.

Bücher.

Schränke voller Bücher. Da unten, auf beiden Treppenabsätzen, siehst du? Es sind auch ein paar gute dabei. Deshalb lohnt es sich, manchmal das Risiko einzugehen und zum Lesen hierherzukommen.

Ich gehe ins obere Badezimmer, drehe vorsichtig den Hahn auf, spritze mir Wasser ins Gesicht und wasche mir die Hände. Dann schaue ich in den Spiegel. Ich habe diesen Augenblick rausgezögert, Bigeyes. Und es ist schlimmer als befürchtet.

Nicht die Wunde. Die hat die Alte mit dem Pflaster ziemlich gut abgedeckt. Zum Glück. Sie muss übel aussehen, mit all dem verklumpten Blut dran, ganz zu schweigen von dem ganzen anderen Zeug, das Dig mit dem Messer aufgeschlitzt hat.

Nein, es ist mein Gesicht.

Mein Gesicht erschreckt mich.

Ich habe dir ja schon erzählt, wie das bei mir mit Spiegeln ist. Ich muss in jeder Hütte, in die ich komme, mein Gesicht checken, um mich zu vergewissern, dass es sich nicht so schrecklich verändert hat, dass ich seinen Anblick nicht mehr ertragen kann. Mir graut vor dem Tag, an dem es soweit ist. Aber jetzt sehe ich mein Gesicht überhaupt nicht.

Ich sehe das Gesicht von dem Kerl, der tot in dem Abstellraum lag. Und jetzt schaue ich mich an. Ich sehe aus, als wäre ich auch tot. Ich muss mich ausruhen. Ich muss was essen, was trinken und schlafen. Wenn ich all das gemacht habe, werde ich wieder besser denken können. Dann werde ich wieder fähig sein, zu kämpfen, zu leben, abzuhauen.

Ich verlasse das Badezimmer und lausche wieder. Nur der Fernseher, wie vorhin. Jetzt die letzte Treppe rauf. Da sind auch Bücher, siehst du? In den Schränken links und rechts der Tür.

*Romeo und Julia.*

Das Buch habe ich gelesen, als ich das letzte Mal hier war. Es steht noch am selben Platz im Regal.

*Oliver Twist.*

Das habe ich auch schon gelesen. Aber nicht hier.

Ich drücke die Tür auf.

Alles wie immer. Dasselbe schmuddelige Loch. Aber es steht ein Bett drin. Und das Bett hat eine Matratze und ein Kissen. Am liebsten würde ich mich sofort flachlegen. Aber zuerst muss ich was essen. Ich lasse mich aufs Bett plumpsen, greife nach der Pastete und stopfe sie in mich rein. Dann verschlinge ich die Äpfel und trinke das Mineralwasser.

Nun kann ich mich endlich hinlegen. Ich versuche zu schlafen, aber es klappt nicht.

Ich kann nicht einschlafen.

Ich sehne mich so nach Schlaf, Bigeyes. Ich will vergessen, nur für eine Weile. Aber ich kann nicht. Ich kann nicht einschlafen, nicht vergessen. Und weißt du was? Manchmal kann ich nicht mal vergessen, wenn ich schlafe. Die Bilder verfolgen mich im Traum.

Die Gesichter, die Dinge, die ich getan habe.

Meinst du, dem Mistkerl passiert das auch? Dass ihn Bilder verfolgen? Kommt es jemals vor, dass ihm was unter die Haut geht – zumindest einen kurzen Augenblick lang? Vermutlich nicht. Er ist wie alle anderen Killer. Er führt ein Doppelleben. Wahrscheinlich hat er irgendwo eine Frau, die Marmelade kocht und denkt, er sei Versicherungsvertreter.

Ich habe schon viele von seiner Sorte gesehen. Er ist einer von der alten Garde. Kein hohes Tier. Höher als Paddys Schläger, aber trotzdem nur ein kleiner Fisch, eine Marionette. Er kennt wahrscheinlich nur den Kontaktmann, der ihn bezahlt. Aber nicht den Boss, für den er die Drecksarbeit erledigt.

Es werden viel Schlimmere kommen.

Aber warum verfolgen mich meine Bilder? Und warum hat sich alles verändert? Warum konnte ich weder Paddy noch diesen Mistkerl töten, aber all die anderen davor schon? Warum lässt mich das nicht mehr kalt? Das ist die Frage, die mich jetzt quält, Bigeyes. Warum lässt mich das nicht mehr kalt?

Ich schließe die Augen.

Aber ich kann trotzdem nicht einschlafen. Vielleicht sollte ich lesen. Das beruhigt normalerweise meinen Kopf, außer wenn die Erinnerungen mir zu heftig zusetzen. Aber ich muss schlafen. Ich muss mich ausruhen. Denn morgen muss ich wieder flüchten. Ich muss kräftig genug sein, um mich abzusetzen.

Wenn ich lese, hält mich das vom Schlafen ab.

Außerdem kenne ich die Bücher der Alten. Sie hat nicht die Art von Geschichten da, nach denen mir jetzt wäre. Solche wie die, die ich letztes Jahr gelesen habe. Ich weiß nicht mehr, wie das Buch hieß. Ich habe es in einer Hütte in der Südstadt gefunden. Es war ein Kinderbuch mit so feinen Zeichnungen drin. Über einen Jungen, der sich an Bord eines Schiffes geschmuggelt hat.

Ist das nicht komisch, Bigeyes? Ich habe einen Horror vor Wasser, aber ich liebe Geschichten über das Meer.

Jedenfalls schmuggelt der Junge sich an Bord dieses

Schiffes, wird entdeckt und muss seine Überfahrt abarbeiten. Aber er ist ein netter Kerl und freundet sich mit dem Kapitän an. Dann geraten sie in einen schweren Sturm. Die Besatzung setzt sich mit den Rettungsbooten ab, weil das Schiff zu sinken droht. Aber sie vergessen den Jungen.

Das ist aber gar nicht so schlimm, Bigeyes. Weißt du, warum? Weil der Kapitän auch an Bord geblieben ist, sodass der Junge nicht allein ist. Er fühlt sich nicht verlassen. Er hat einen Freund bei sich, einen großen, starken Freund, der sich um ihn kümmern wird, egal was passiert. Selbst wenn sie ertrinken, ist ein Freund bei ihm.

Aber sie ertrinken nicht.

Ein Rettungsboot kommt gerade noch rechtzeitig und bringt sie an Land zurück.

Ich bin so müde, Bigeyes. Ich bin es leid, ständig zu fliehen, allein zu sein und Angst zu haben. Als wäre ich auch auf einem sinkenden Schiff, aber ohne einen Kapitän, der sich um mich kümmert. Und es kommt auch kein Rettungsboot, um mich heimzubringen.

Ich habe nur das hier.

Einen Raum unter dem Dach im Haus einer Fremden.

Aber ich spüre, dass ich allmählich doch schläfrig werde. Wenigstens das. Eine schöne, warme Dunkelheit hüllt mich ein. Ich sterbe im Kopf, Bigeyes. Ich bin fertig.

Ich will nur noch in einen tiefen Schlaf sinken und für eine Weile sicher sein.

Und ich schlafe tatsächlich. Ein paar süße Stunden lang.

Bis ich zitternd wieder aufwache. Es ist kalt und dunkel. Das Haus ist still.

Doch nun höre ich Schritte auf der Treppe.

Ich springe aus dem Bett, mit gezücktem Messer, und lege das Ohr an die Tür.

Das ist nicht die Alte.

Das sind Feinde.

Frag mich nicht, wie ich das weiß.

Die Schritte sind verstummt. Die Kerle sind mitten auf der letzten Treppe stehen geblieben. Schwer zu sagen, wie viele es sind. Jedenfalls mehr als einer. Sie horchen nach mir. So wie ich nach ihnen horche.

Zurück zum Fenster, leise, schnell. Ich bleibe seitlich davon stehen und spähe raus. Schatten bewegen sich um die Hintertür. Zwei, drei, vier. Vor der Haustür vorne lauern sicher noch mehr.

Und auf der Treppe sind mindestens zwei.

Ich husche zur Tür zurück und lausche. Es ist immer noch still. Ich muss warten, mich zurückhalten. Vielleicht gehen sie ja wieder. Aber das glaube ich nicht. Sie sind so weit hochgekommen. Sie werden das Zimmer durchsuchen. Sie haben bereits die anderen Zimmer durchsucht und werden auch dieses durchsuchen. Sie wären gar nicht hier, wenn mich nicht jemand gesehen hätte.

Sie werden reinkommen. Das weiß ich. Aber ich muss abwarten. Für alle Fälle.

Immer noch Stille. Sie fühlt sich an wie ein Nebel. Ich lasse den Blick durch den Raum schweifen. Hier drinnen kann ich mich nirgendwo verstecken. Das war eh eine schlechte Idee. Jetzt habe ich nur noch die Wahl, zu kämpfen oder zu sterben. Sobald ich wieder Schritte höre, weiß ich, woran ich bin. Wenn sie die Treppe runtergehen, verhalte ich mich ruhig. Wenn sie raufkommen, muss ich abhauen.

Jetzt höre ich sie wieder.

Sie kommen rauf.

Im Nu bin ich draußen vor der Tür, mit gezücktem Messer.

Zwei Kerle, die ich noch nie gesehen habe, bleiben auf der Treppe stehen und fixieren mich. Es sind gewiefte Typen, wie der Mistkerl, wie Paddy. Nur gefährlicher.

»Wie geht's, Kleiner?«, fragt der eine. »Wir haben gehört, dass du deinen Schneid verloren hast.«

»Ich habe ihn gerade wiedergefunden. Beim Anblick von euch Dreckskerlen.«

Er grinst mich an.

»Das glaube ich nicht. Du hast schon zwei hintereinander gehen lassen. Zuerst Paddy und dann …«

»Er ist also davongekommen.«

»So ist es.«

»Wie geht's seinem Daumen? Und seinem kleinen Finger?«

»Die heilen schon wieder.« Der Kerl zwinkert mir zu. »Ich weiß nicht, was du mit dem Messer willst. Du hast doch gar nicht mehr den Mumm, es zu benutzen. Begleite uns lieber freiwillig, Kleiner. Mit Fingerbrechen kommst du hier nicht weit.«

»Verpisst euch!«

»Es ist Zeit, nach Hause zu kommen«, spöttelt er. »Zeit, ein paar alte Freunde zu treffen.«

Die beiden nehmen die letzten Stufen. Ich greife in den Schrank, schnappe mir ein paar Bücher und werfe sie nach ihnen. William Shakespeare und Charles Dickens klatschen ihnen ins Gesicht. Ich zerre mit aller Kraft am Schrank, dann noch mal. Er schwankt und kippt nach vorn. Und nun poltert er auf die beiden zu und stößt sie die Treppe runter. Ich haste ihnen hinterher. Sie liegen strampelnd auf dem Treppenabsatz, aber sie kämpfen sich wieder hoch. Ich springe über sie hinweg und renne die nächste Treppe runter, in den ersten Stock. Stimmen hinter mir. Die Kerle brüllen. Ich höre schnelle Schritte von der Straße her. Noch mehr Gebrüll hinter mir. Ich bin bereits auf der nächsten Treppe und springe zum Flur runter.

Die Alte liegt tot am Fuß der Treppe.

Ich springe über sie hinweg, in Richtung Wohnzimmer. Es hat keinen Zweck, zur Haustür zu laufen, denn durch die werden die anderen reinkommen. Just in diesem Augenblick kracht sie auf. Zwei Kerle platzen herein, gefolgt von zwei weiteren. Schritte nähern sich von der Hintertür.

Ich flüchte ins Wohnzimmer, knalle die Tür zu und renne zum Fenster. Hoffentlich klemmt es nicht. Der Riegel schnappt zurück. Ich reiße das Fenster auf und klettere raus. Ein schmaler Weg führt seitlich ums Haus. Direkt vor mir ist ein Zaun.

Ich springe raus und beginne zu klettern.

Eine Hand packt mich von hinten. Einer der Kerle hat mich vom Wohnzimmerfenster aus erwischt. Ich schwinge das Messer nach hinten und treffe ihn im Gesicht. Er schreit auf und lässt mich los. Weitere Kerle scharen sich ums Fenster. Einer beginnt sich durchzuzwängen.

Aber ich bin schon fast oben. Ich lasse mich auf der anderen Seite des Zauns runtergleiten und stolpere in den nächsten Garten. Jetzt schreie ich aus voller Kehle.

»Polizei! Rufen Sie die Polizei!«

Im Nachbarhaus geht das Licht an. Ich renne rüber zum Teich, schnappe mir einen Gartenzwerg und schleudere ihn aufs Gewächshaus. Er kracht wie eine Bombe durchs Glas. Im Haus geht ein Fenster auf und ein Mann brüllt raus.

»He!

»Polizei!«, schreie ich. »Polizei!«

»Wer ist da unten? Was ist los?«

Ich antworte nicht. Ich stolpere durch Blumenbeete auf den nächsten Garten zu. Der Mann am Fenster brüllt weiter. Aber von meinen Feinden keine Spur. Ich erreiche den gegenüberliegenden Zaun und klettere drüber. Der Mann schreit immer noch in die Nacht raus und nun brennt überall in seinem Haus Licht. Ich renne zum anderen Ende des nächsten Gartens.

Halt, denk nach, nur eine Sekunde. Ich muss mich konzentrieren und mir überlegen, wo ich am besten hingehe. Ich kann nicht bloß wild drauflosimprovisieren. Meine Feinde haben sich zusammengerottet und sie sind immer noch in der Nähe. Im Moment halten sie sich noch versteckt, weil die Bullen im Anmarsch sind, aber sie werden alle anderen verständigen und bald in Scharen die ganze Gegend unsicher machen.

Sie wissen jetzt, wo ich bin. Und sie wissen, dass ich schwach bin.

Sie haben recht. Ich habe kaum noch Kraft. Die Angst hat mir wieder mal geholfen, zu entwischen, aber sie wird mich nicht ewig auf den Beinen halten. Ich muss mich irgendwo verstecken, wo ich die Nacht über sicher bin. Und dann …

Dann muss ich irgendwie aus der Stadt rauskommen.

Ich habe solche Angst, Bigeyes.

Ich schaue mich wieder um. Immer noch keine Feinde in Sicht, aber sie werden nach einem Weg suchen, an den Häusern vorbei in die Gärten zu gelangen. Sie wissen, dass ich irgendwo auf dieser Seite bin. Es wird für sie schwieriger, mich zu verfolgen, wenn immer mehr Anwohner wach werden, aber das wird sie nicht aufhalten. Jetzt gehen in allen Häusern die Lichter an. Ich muss verschwinden, so schnell ich kann. Aber wohin?

Es gibt in dieser Gegend sonst keinen guten Unterschlupf. Das Haus der Alten war meine einzige Hütte in der Nähe. Ich fühle mich mitschuldig an ihrem Tod, Bigeyes. Ich mochte die Frau nicht, aber ich wollte nicht, dass sie stirbt. Und die Kerle haben sie wegen mir kaltgemacht. Aber darüber kann ich jetzt nicht nachdenken. Ich höre Stimmen aus den Häusern.

Ich bin nun am Zaun und schaue mich um. Ich weiß, was auf der anderen Seite ist. Unwegsames Gelände voller Gestrüpp bis runter zur Eisenbahnlinie, dahinter eine

Baustelle, und dann wieder Häuser. Los, weiter. Ich klettere über den Zaun. Auf der anderen Seite lausche ich auf jedes Geräusch.

Ich höre keine Stimmen mehr, aber fernes Sirenengeheul.

Die Bullen rücken an.

Ich laufe weiter. Ich muss weiterlaufen. Wenn ich stehen bleibe, sterbe ich. Nicht nur weil ich verfolgt werde, sondern wegen der Kälte. Die Chancen stehen jetzt fifty-fifty. So sieht's aus. Im Ernst, Bigeyes. Das könnte das Ende sein.

Die Böschung runter. Ich muss aufpassen, wo ich hintrete. Der Untergrund ist hier tückisch. Da kann man sich schnell den Knöchel verrenken. Und wir haben auch so schon genug Probleme. Da ist die Bahnlinie. Und drüben rechts das alte Bahnwärterhäuschen. Aber dort kann ich mich nicht verstecken, denn dort werden sie mich zuerst suchen. Ich muss weiter und einen Schlafplatz finden, wo sie nicht nachschauen werden.

Das wird nicht leicht.

Sie werden überall nachschauen.

Ich steige vorsichtig den Bahndamm runter, sehe mich um, überquere die Schienen, steige auf der anderen Seite wieder hoch und laufe weiter. Es wird kälter, Bigeyes. Das gefällt mir nicht. Es war eh schon sehr kalt, aber jetzt wird's noch frostiger. Am Morgen werden es sicher nicht mehr als zwei Grad sein, und es wird einige Stunden dauern, bis es wärmer wird.

Wenn überhaupt.

Ich laufe weiter durch die Wildnis. Mir ist ein Platz eingefallen, wo wir uns ausruhen können, Bigeyes. Und er ist nicht weit entfernt. Aber er ist schlecht, wirklich schlecht. Dort ist es nicht warm und wahrscheinlich nicht mal sicher. Das ist kein Platz zum Sterben. Aber welche Wahl haben wir jetzt noch?

Siehst du den Zaun um die Baustelle? Lauf hin, bleib davor stehen und spähe durch. Sieht aus wie ein Trümmerfeld, was? Da soll ein Einkaufskomplex entstehen. Lauter nette, warme Gebäude. Aber leider sind sie noch nicht da. Deshalb müssen wir uns mit einem Rohr begnügen.

Ja, ich weiß.

Aber im Moment gibt es keinen besseren Platz, den ich erreichen könnte. Wir müssen im Freien übernachten wie Penner. Hoffentlich reicht meine Kraft noch, um über diesen letzten hohen Zaun zu klettern. Ruhig atmen, die Umgebung abchecken. Sogar hier muss ich vorsichtig sein. Irgendwo auf dem Gelände ist ein Nachtwächter.

Aber er nimmt seinen Job nicht besonders ernst.

Keine Spur von ihm. Auch keine Spur von Hunden.

Oder Feinden.

Das will nichts heißen. Aber wir müssen es versuchen.

Den Zaun rauf, eine Hand über die andere. Wenigstens kann man gut drüberklettern. Ich lasse mich auf der anderen Seite runterfallen, krabble am Zaun entlang und dann nach rechts, in den Graben runter. Du fragst dich, warum ich mich hier auskenne? Das habe ich dir doch schon gesagt, Bigeyes.

Ich beobachte meine Umgebung genau und merke sie mir.

Jetzt bin ich froh. Denn das ist unser Platz für den Rest der Nacht. Und er ist frei. Ich krieche in das Rohr unten im Graben, rolle mich im Dunkeln zusammen und schließe die Augen. Jetzt gibt es zwei Möglichkeiten.

Entweder ich schlafe oder ich sterbe. Vielleicht auch beides.

Und weißt du was, Bigeyes?

Es ist mir inzwischen ziemlich egal, ob ich sterbe.

Nein, das ist gelogen. Es ist mir nicht egal. Ich kann nicht einschlafen, Bigeyes. Und sterben kann ich im Moment auch nicht. Vielleicht dauert das noch eine Stunde oder so. Im Moment kann ich nur zittern. Und denken. Und heulen.

Wieso heule ich eigentlich? Kannst du mir das sagen?

Was nützen die verdammten Tränen? Sie helfen weder mir noch sonst wem. Sie können mich weder am Leben erhalten noch mir das Sterben erleichtern. Sie können die liebe Becky nicht zurückbringen.

Auch nicht diese tyrannische Alte, die tot am Fuß ihrer Treppe liegt. Oder den Mann aus dem Abstellraum im Krankenhaus. Sie trösten seine Frau nicht. Oder seine Familie. Oder die anderen. Ja, es gibt noch andere, von denen ich dir erzählen könnte. Ich kann ihre Gesichter sehen.

Ich halte immer noch das Messer in der Hand, siehst du?

Das kleine Spielzeug des Mistkerls.

Und es kotzt mich an, dass ich es die ganze Zeit in der Hand hatte, ohne es zu merken. So wie man nicht merkt, dass man Hände und Füße hat, solange man nicht bewusst auf sie achtet. Die meiste Zeit weiß man nur, dass man sie hat. Man empfindet sie als selbstverständlich.

Wie ich dieses Messer.

Ich empfinde es als selbstverständlich. Ich erinnere mich an das Zimmer unter dem Dach, an die Schritte auf der Treppe. Ich weiß noch, dass ich das Messer bereits in der Hand hatte, als ich aus dem Bett sprang. Aber ich kann mich nicht erinnern, dass ich es aus der Tasche zog und aufschnappen ließ.

Vielleicht war die Klinge bereits draußen.

Vielleicht hatte ich das Messer bereits in der Hand.

Ich erinnere mich nicht mehr, Bigeyes. Das ist das Verrückte daran.

Das Messer war einfach da. So wie meine Hände und Füße einfach da sind. Und jetzt ist es wieder da. Die Klinge ist draußen und ich halte es fest in der Hand.

Schau dich um, Bigeyes. Das ist jetzt unsere Welt. Dunkelheit, Kälte, Gefahr. Ein Graben aus Sand und Dreck. Ein Rohr. Ein Messer, das immer da ist. Und Tränen. Es ist, als bestünde ich aus Tränen.

Ich verstehe das nicht. Vielleicht liegt es daran, dass ich verletzt bin und weiß, dass ich sterben werde. Und ich zittere immer noch. Heute Nacht werde ich keinen Schlaf finden. Daraus wird nichts mehr. Stattdessen werde ich mich allmählich ins dunkle Reich des Todes rüberzittern.

Und dann?

Das weiß nur Gott. Falls es einen Gott gibt. Das ist mir ziemlich egal, weißt du?

Ich sage dir, warum. Weil er mich gleich am ersten Tag im Stich ließ. Ich habe dir ja schon erzählt, dass der Ärger bereits am verfluchten ersten Tag begann. Das habe ich andeutungsweise gesehen, als mir im Krankenwagen all die Bilder durch den Kopf schossen. Oder ich habe es zumindest gespürt.

Meine Eltern – wer sie auch sind – haben einen Blick auf mich geworfen und Nein gesagt. Sie hätten mich ebenso gut hier aussetzen können.

In diesem Rohr.

Aber sie haben mich in einem anderen Loch zurückgelassen. Woher ich das weiß? Weil ich mich an die Leute erinnere, die mich gefunden haben. Und an das, was sie mir erzählt haben. Und an das, was sie getan haben. Da habe ich gewusst, dass es keinen Gott geben kann.

Jedenfalls keinen, der mich liebt.

Wenn es einen gibt, dann ist er anderweitig beschäftigt.

Wie auch immer, jetzt ist es zu spät. Ich zittere mir das Leben aus dem Leib und heule, und ich will nur, dass es endlich vorbei ist. Aber jetzt fängt alles wieder von vorne an. Denn ich sehe einen Schatten am anderen Ende des Grabens rumschleichen.

Verdammt, Bigeyes, kann ich nicht mal in Frieden sterben?

Ich weiß nicht, was ich tun soll. Soll ich mich zur Öffnung des Rohrs vorschlängeln und abchecken, ob Gefahr besteht, oder soll ich weiter reinkriechen und außer Sicht bleiben? Eigentlich ist es das Beste, außer Sicht zu bleiben, aber wenn das Feinde sind und wenn sie hier reinschauen, dann stecke ich in der Falle.

Ich muss die Lage checken.

Ich habe das Messer immer noch fest in der Faust, siehst du? Wieder ist es einfach da. Ich muss nicht darüber nachdenken. Es ist einfach da. Wie auch immer …

Ich schlängle mich zur Öffnung vor und spähe raus.

Es ist ein Mann mittleren Alters. Und ich kenne ihn.

Na ja, flüchtig. Jedenfalls ist er harmlos. Ein trotteliger Penner, der auf Müllkippen rumhängt. Ich habe ihn schon ein paarmal gesehen. Er ist keine Gefahr. Solange er kein Schwätzchen halten will. Das könnte meine Feinde herlocken.

Denn sie sind immer noch in der Nähe.

Das spüre ich.

Verdammt, er hat mich gesehen. Er kommt rüber.

Ein Koloss von einem Kerl, aber harmlos und dumm. Ich muss ihn loswerden. Er stapft her und bleibt vor dem Rohr stehen. Er schwankt wie ein Betrunkener, aber das tut er immer. Er starrt mit großen Augen auf mich runter. Sein Mund scheint Luft zu kauen.

»Verzieh dich«, sage ich.

Er rührt sich nicht, steht nur da und glotzt, als wüsste er nicht, was er tun soll.

»Hau ab«, sage ich.

Er starrt mich weiter an, kratzt sich am Kopf und niest.

»Kalt«, sagt er plötzlich.

»Ja, es ist kalt. Jetzt verpiss dich.«

Ich drohe ihm mit dem Messer.

Er geht trotzdem nicht. Was ist los mit dem Kerl? Ich habe nichts gegen ihn, aber ich will, dass er verschwindet. Er kratzt sich wieder am Kopf und zuckt die Achseln.

»Kalt«, murmelt er. »Es ist …«

Er beendet den Satz nicht, sondern dreht sich um und stapft davon. Er läuft in einem Bogen nach rechts. Dort sind noch mehr Rohre. Wahrscheinlich sucht er sich ein anderes. Ich strecke den Kopf raus, um mich zu vergewissern, dass er weg ist.

Ja, er ist verschwunden. Hoffentlich lassen die Typen, die hinter mir her sind, ihn in Ruhe.

Und uns auch.

Ich fühle mich mies, weil ich ihn verscheucht habe. Er hatte nichts Böses im Sinn. Aber es wäre zu gefährlich gewesen, wenn er bei mir geblieben wäre. Außerdem habe ich eh keine Kraft zum Reden. Und auch keine Lust. Wenn ich sterbe, will ich nicht, dass einer wie er mir dabei zuschaut.

Ich will allein sein.

Ich rolle mich auf den Rücken und sehe nach oben.

He, Bigeyes, schau dir den Nachthimmel an. Er ist so schön wie vorhin. Vielleicht sollte ich nicht so liegen bleiben, mit dem Kopf aus dem Rohr. Ich riskiere, dass ich gesehen werde, aber vielleicht auch nicht.

Und ich wollte ja so sterben. Mit Blick auf die Sterne und den Mond mit dem komischen Gesicht.

Ich riskier's. Ja, warum nicht?

Mensch, Bigeyes, das ist irre da oben. Die ganze Dunkelheit und das ganze Licht. Da ist das Sternbild Orion, siehst du? Ich erkenne es. In einer meiner Hütten lag dieses Buch über Astronomie rum. Von einem Professor.

Der hat geschrieben, dass Sterne wie Menschen sind. Sie werden geboren, wachsen, werden alt und sterben. Die silberhellen Sterne sind die jungen. Die rötlich-orangen sind die alten. Und sie sind Milliarden und Abermilliarden Kilometer entfernt. Auf einem Taschenrechner sind nicht genug Nullen, um anzuzeigen, wie weit weg sie sind.

Und unser Planet ist nur ein winziges Nichts.

Ich sage dir, Bigeyes, er ist völlig unbedeutend. Wenn die Erde morgen explodieren würde, würde das Universum es nicht mal merken. Alles würde einfach weitergehen – die Zeit, der Raum und alles andere –, als hätte es uns nie gegeben.

Denn wir zählen nicht. Wir sind nichts, du und ich. Schau zum Himmel rauf, Bigeyes. Zieh dir das ganze Universum rein. Wir sind nur Hoffnungen und Träume. Und noch was.

Zu den Sternen …

Ich sage dir noch was, was dieser Professor in seinem Buch geschrieben hat. Er schreibt, dass manche Sterne bereits tot sind, bevor ihr Licht uns erreicht. Genau, Bigeyes. Ein Teil von diesem Licht kommt von Geistern.

Ich könnte da oben Menschen sehen.

Vielleicht tue ich das sogar.

Manche leben und manche sind tot.

Alle funkeln in der Dunkelheit. Denn die Toten verschwinden nicht. Ich sage dir, Bigeyes, sie sind nicht weg. Du könntest alle Menschen auf der Welt töten und sie würden weiter in der Dunkelheit funkeln. In deiner Dunkelheit. Bis du auch tot bist. Dann gehen alle Lichter aus.

Und was den Mond betrifft …

Der ist auch nur ein totes Ding.

Aber wenigstens erreicht sein Licht uns schneller. Und im Moment lässt es die Klinge des Messers aufblitzen. Ich halte es hoch. Es sieht in meiner Hand beinahe hübsch aus.

Ich klappe es zusammen und stecke es ein.

Ich schließe die Augen.

Ich habe genug vom Nachthimmel gesehen. Ich werde die Sterne und den Mond im Kopf behalten, und das Messer. Und die funkelnden Lichter der Menschen, die gestorben sind.

Es dämmert schon. Ich zittere, aber ich habe geschlafen. Und ich bin noch am Leben. Warum lebe ich noch? Es ist was passiert. Ich bin mit einem Mantel zugedeckt.

Ich erstarre und schaue mich um. Mein Kopf liegt immer noch außerhalb des Rohrs, mit dem Gesicht nach oben. Der Rest von mir ist zusammengerollt und durchgefroren. Meine Hand umklammert das Messer. Die Klinge ist draußen. Und der Mantel …

Es ist der Mantel dieses Penners. Ich erkenne ihn wieder, seinen schweren alten Mantel. Ich winde mich aus dem Rohr und schaue mich um. Angst schnürt mir die Kehle zu, weil ich nicht gemerkt habe, dass der Typ hergekommen ist und mir den Mantel übergeworfen hat.

Das erschreckt mich, Bigeyes. Denn ich merke es sonst immer, wenn jemand sich anschleicht. Selbst wenn ich schlafe. Deshalb bin ich noch am Leben. Aber diesmal, als ich durchgefroren, panisch und verzweifelt war, konnte dieser Typ einfach kommen und mich zudecken, ohne dass ich aufgewacht bin.

Aber da ist noch ein anderes Gefühl, das mir die Kehle zuschnürt.

Denn noch nie hat jemand mir seinen Mantel überlassen und mich zugedeckt. Warum sollte jemand so was für mich tun? Warum hat dieser Penner das getan? Ich habe dir gesagt, dass ich ihn flüchtig kenne, aber wir haben uns bloß ab und zu im Vorbeigehen zugenickt. Wir kennen uns also nicht so gut, dass ich ihm helfen würde, oder er mir, dachte ich. Schon gar nicht, nachdem ich so unfreundlich zu ihm war.

Ich bin platt. Ehrlich.

Vielleicht hat er mir mit seinem Mantel sogar das Leben gerettet.

Aber darüber kann ich jetzt nicht nachdenken. Denn es wird langsam hell, und ich muss mich entscheiden, was ich tun werde. Wir können nicht hierbleiben. In ein paar Stunden kommen die Bauarbeiter. Dann müssen wir längst weg sein. Aber wo sollen wir hin? Ich habe nicht erwartet, dass ich diese Nacht überlebe. Das Problem ist, dass ich immer noch schwach bin. Ich habe keine Kraft. Jedenfalls nicht viel.

Und ich zittere immer noch.

Es ist jetzt gefährlicher als gestern. Viel gefährlicher. Erstens können wir uns nicht mehr in der Dunkelheit verbergen. Zweitens suchen jetzt alle nach uns. Meine Feinde sowieso, aber die Bullen auch. Und jeder Typ mit einem Hund, der die Nachrichten gehört hat. Also die halbe Stadt. Nun, da weitere Morde geschehen sind, ist es schlimmer denn je.

Alle werden mich schnappen wollen.

Also wohin? Ich schätze, jetzt ist die Entscheidung

leicht. Ich habe dir ja gesagt, dass ich nicht in der Stadt bleiben kann. Sie war gut zu mir, aber ihre Zeit ist vorbei. Ich kann also entweder abhauen und mich woanders totstellen oder zum großen Monster zurückkehren.

Und dort gegen meine Feinde kämpfen, wo sie mich nicht erwarten.

Mir passt weder das eine noch das andere, Bigeyes. Nicht in meinem erbärmlichen Zustand. Mein Bauch sagt mir: Verschwinde, geh woandershin. Es gibt andere Städte, andere Orte, wo ich mich totstellen kann. Es wird einige Zeit dauern, dort alles auszukundschaften und neue Hütten zu finden. Aber das habe ich schon mal getan. Ich kann es wieder tun. Wenn ich es nur schaffe, am Leben zu bleiben. Und wegzukommen.

Sonst bleibt nur das Monster.

Und damit ist alles klar. Eigentlich habe ich gar keine Wahl. Ich bin dem Monster nicht gewachsen. Nicht in diesem Zustand. Wahrscheinlich in gar keinem Zustand.

Das heißt, ich muss aus der Stadt verschwinden. Ich muss diesen Tag durchstehen, am Leben bleiben, außer Sicht bleiben und mich fortstehlen, wenn es dunkel wird.

Irgendwo anders neu anfangen.

Weit weg.

Es muss Orte geben, die genauso gut sind wie diese Stadt. Große Orte voller Hütten. Orte, wo ich sicher leben kann. Auch wenn meine Feinde mich nicht vergessen werden. Denn das ist das Problem, Bigeyes. Das wollte ich bisher nicht wahrhaben. Ein Teil von mir dachte, wenn ich mich lange genug totstelle, würden sie mich vergessen, mich davonkommen lassen. Und die Vergangenheit würde keine Rolle mehr spielen. Aber ich war ein Idiot. Ich hätte es besser wissen müssen.

Die hohen Tiere vergessen nicht, was war.

Deshalb werden sie weiter nach mir suchen lassen. Ihre Leute werden immer hinter mir her sein. Deshalb muss mein nächster Ort besser sein als dieser. Aber ich denke zu weit voraus. Unser größtes Problem im Moment ist, dass wir bis zum Abend irgendwie durchkommen müssen.

Ich habe einen Plan.

Oder sagen wir eine Idee. Alles hängt davon ab, wie es läuft. Erst mal muss ich sehen, ob ich überhaupt laufen kann. Und ich darf nicht erkannt werden. Der Mantel des Penners ist ganz hilfreich. Er hat eine Kapuze. Aber ich muss aufpassen. Es ist riskant, mit Kapuze rumzulaufen, wenn es nicht regnet. Da hat man schnell misstrauische Bullen am Hals.

Es ist also ein Dilemma. Wenn ich die Kapuze aufsetze, wirke ich verdächtig, und wenn ich sie nicht aufsetze, kann ich erkannt werden. Aber das lässt sich nicht ändern. Ich muss es drauf ankommen lassen. Ich muss beobachten, was um mich herum los ist, und tun, was mir in der jeweiligen Situation am besten erscheint.

Gehen wir.

Ich ziehe den Mantel richtig an und mache die Knöpfe zu. Mir wird sofort wärmer, aber ich zittere trotzdem. Ich muss mich bewegen und in Bewegung bleiben. Ich steige aus dem Graben und schaue mich um. Alles ruhig, bis auf eine Katze, die auf dem Bagger rumklettert. Keine Spur von dem Nachtwächter oder von meinen Feinden.

Aber mir ist mulmig. Es sind jetzt zu viele, die ich abschütteln muss. Und sie sind immer noch in der Nähe. Das spüre ich. Ich laufe rüber zum Zaun und checke wieder alles ab. Im Gebüsch auf der anderen Seite bewegt sich was, was Schwarzes. Ein Hund schnüffelt rum. Ich muss kurz an Buffy denken. Aber dieser Hund interessiert sich nicht für mich.

Ich beginne den Zaun hochzuklettern. Der Hund dreht den Kopf und starrt mich an. Ich bin halb oben.

Nicht bellen, Hundchen.

Und nicht rüberkommen.

Er tut weder das eine noch das andere. Er schaut noch ein Weilchen rüber, dann trabt er davon. Ich bin inzwischen über den Zaun geklettert und sehe mich wieder um. Nirgendwo bewegt sich was. Selbst der Hund ist verschwunden.

Nutzen wir die Zeit, bevor die Welt erwacht, Bigeyes.

Ich laufe außen um den Zaun rum und auf eine Siedlung zu. In dieses Viertel gehe ich selten. Es gibt dort keine anständigen Hütten und nicht viel zu klauen. Aber da ist was, das ich will. Wenn ich nur hinkomme. Aber zuerst das Wichtigste.

Essen.

Ich brauche dringend was zu essen.

Mein Kopf pocht jetzt und mir tut alles weh. Ich zittere immer noch und bin total fertig. Ich heule wieder und kann nicht aufhören. Es hat was mit diesem Penner und seinem Mantel zu tun. Und ich habe immer noch das Messer in der Hand.

Verdammt, Bigeyes, was habe ich bloß immer mit diesem Ding?

Ich habe es offen rumgetragen, seit ich aus dem Rohr gekrochen bin. Und das habe ich bis jetzt nicht mal gemerkt. Ich klappe es zu und stecke es in die Manteltasche. Es fühlt sich groß und schwer an, obwohl es eigentlich leicht ist. Ich werde versuchen, es zu vergessen. Jedenfalls für eine Weile. Keine Bange, wenn Feinde auftauchen, wird es meine Hand finden, ohne dass ich hinschauen muss.

Wie immer.

Ich laufe weiter. Ich habe die Kapuze nicht auf. Aber ich checke die Umgebung genau ab. Immer noch alles ruhig. Noch keine Leute zu sehen. Ein Rotkehlchen hockt auf einem Zaunpfahl weiter vorn. Es beachtet mich nicht. Ich laufe vorbei und weiter den Weg runter, zum Spielplatz. Zwischen den Schaukeln durch und rüber zum Ausgang.

Ich schaue mich wieder um.

Die erste Straße, aber alles ist ruhig.

Trotzdem setze ich die Kapuze auf. Ohne sie wäre es jetzt zu riskant. Ich muss den Kopf unten lassen, das Gesicht verstecken. Ich laufe langsam, bleibe am Straßenrand. Ich höre einen Wagen hinter mir. Hoffentlich hocken da keine Bullen oder Feinde drin.

Es ist nur ein Lieferwagen und er hält nicht an.

Ich gehe weiter, nehme eine Abkürzung um die Rückseite der Tankstelle, laufe am Kreisverkehr vorbei und über die Brücke zur Einkaufsstraße mit den Läden. An ihrem Ende ist der Supermarkt. Es ist immer noch ruhig, aber wir müssen aufpassen. Es gibt Leute, die gern aus dem Fenster schauen. Und da sind Kameras.

Aber ich kann mir jetzt nicht allzu viele Gedanken machen. Ich muss was zu essen finden.

Das wird wahrscheinlich nicht klappen. Normalerweise kriegt man nur zu bestimmten Zeiten was. Und man muss schnell sein, sonst kommen einem die üblichen Penner zuvor. So früh am Morgen ist nicht viel zu erwarten. Und wenn es noch was gibt, könnte es verdorben sein. Aber wir versuchen es trotzdem.

Um die Rückseite zu den Mülltonnen. Ich öffne die erste. Nichts Brauchbares. In der nächsten und übernächsten auch nicht. In der letzten finde ich eine Packung Brötchen. Das Haltbarkeitsdatum ist längst abgelaufen. Ich schnappe sie mir und gehe zurück zur Straße. Wieder checke ich alles. Weiter unten ist eine Bäckerei, deren Tür offen steht. Ich kann das frische Brot bis hierher riechen. Ich nähere mich dem Laden vorsichtig und bleibe an der Tür stehen.

Aber ich kann nicht reingehen. Auf der Straße kommen mir Leute entgegen. Sie sehen aus wie Studenten, die die Nacht durchgefeiert haben. Ich kann nichts aus der Bäckerei klauen, solange sie in der Nähe sind. Sie schlendern vorbei, nehmen mich nicht mal wahr.

Ich warte, bis sie weg sind, dann spähe ich durch die Tür der Bäckerei. Aber es hat keinen Zweck. Da drinnen arbeiten zwei Männer an den Backöfen. Ich überquere die Straße, laufe weg von den Läden und runter in den Park. Dort lasse ich mich auf die erste Bank plumpsen und mache mich über die Brötchen her.

Mensch, schmecken die gut. Es ist mir egal, dass sie alt

sind. Ich stopfe sie einfach in mich rein. Und jetzt auf und davon. Nun kommt die nächste Etappe, Bigeyes. Ja, ich weiß, das war ein karges Frühstück, aber wir haben keine Zeit, nach mehr zu suchen. Wir müssen weiter zur nächsten Station und für die Flucht so viel mitnehmen, wie wir können. Danach müssen wir uns verstecken, bis es dunkel wird.

Auf geht's.

Aber es wird anstrengender. Das Laufen, meine ich. Die Brötchen haben nichts geändert. Sie haben gut geschmeckt, weil ich hungrig bin, aber es war wenig Energie drin. In mir ist auch nicht viel. Ich habe das Gefühl, mich bloß noch rumzuschleppen. Aber wir müssen weiter.

Raus aus dem Park und die Kensall Lane entlang. Kapuze rauf, Kopf runter. Aber sei wachsam, Bigeyes. Wir sind hier im Nordbezirk und das ist eine üble Gegend. Verwahrloste Grundstücke, heruntergekommene Häuser. Ein paar Tante-Emma-Läden. Da vorne Fabriken, aber nicht viele. Ansonsten gibt es in diesem Viertel vor allem Kneipen. Und Drogenhändler, die hier ihr Geld verdienen und verbraten. Und Straßengangs. Trixis Bande kam manchmal hierher. Ich glaube, den anderen Tussis gefiel das nicht besonders, aber Trixi schon. Sie legte sich gern mit Rowdies von hier an, wenn sie in ihrem eigenen Viertel keine Leute mehr fand, mit denen sie sich Kämpfe liefern konnte.

Hier muss ich gut aufpassen, was hinter meinem Rücken passiert. Bestimmt sind alle nervös wegen der Morde. Und auf den Straßen lungern Gangs rum, die bestimmt schon von Slicky gehört haben. Und ein oder zwei, die mich erkennen würden.

Ich laufe nach links, auf die Grundschule zu. Ich muss vorankommen, solange die Straßen noch ruhig sind. Ich komme immer nur aus einem Grund hierher. Du wirst bald sehen, warum. Hier ist was, das wir brauchen werden, falls uns die Flucht gelingt.

Ja, ich sagte *falls*, Bigeyes. Denn wir stecken tief im Schlamassel. Die Bullen und meine Feinde werden alle Straßen überwachen, die aus der Stadt rausführen. Deshalb kann ich keinen der üblichen Wege nehmen. Ich muss sie austricksen. Mir ist ein Fluchtweg aus der Stadt eingefallen, aber der ist riskant. Und weil so viele Leute nach uns Ausschau halten, ist es keineswegs sicher, dass wir wegkommen.

Aber wir müssen es versuchen. Verdammt, hier droht bereits Ärger. Ein Polizeiauto fährt langsam die nächste Straße runter. Ich habe es nur kurz gesehen. Ich glaube nicht, dass die Bullen uns schon entdeckt haben, aber wenn sie in unsere Straße einbiegen, sind wir aufgeschmissen. Schau dich um. Das nächste Gebäude ist die Grundschule.

Ich springe über die Mauer auf den Spielplatz, laufe am Sekretariat vorbei und hintenrum zu den Fertigbauten mit den Klassenzimmern. Ich ducke mich und warte. Ich höre ein Auto näher kommen. Es hält an der Straße, die ich gerade verlassen habe. Ich spähe um die Ecke des nächsten Klassenzimmers.

Das ist kein Polizeiauto, sondern ein anderer Wagen. Groß, schwarz, glänzend. Ich kann nur die Motorhaube sehen. Aber der Anblick gefällt mir nicht. Ich schleiche die Rückseite des Fertigbaus entlang und blicke mich um. Keine Spur von irgendwem. Aber sie werden kommen. Der Wagen ist nicht ohne Grund da.

Ich renne zur Mauer am hinteren Ende des Schulgeländes, klettere drüber und lande im Vorgarten eines Hauses. Die Vorhänge sind zugezogen und von drinnen ist kein Geräusch zu hören. Ich laufe hinter das Haus und spähe um die Ecke zur Schule zurück.

Zwei Typen durchsuchen das Schulgelände. Der eine ist der haarige Dicke, der Marys Hund getötet hat. Ich erkenne auch den anderen. Das ist Lenny, einer von Paddys Schlägern. Jetzt blicken die beiden in meine Richtung.

Ich glaube nicht, dass sie mich entdeckt haben. Aber sie müssen mich vorhin gesehen haben. Und sie werden sich gedacht haben, dass ich noch in der Nähe bin. Lenny telefoniert jetzt mit seinem Handy. Ich muss verschwinden, und zwar schnell. Ich renne in den Garten hinter dem Haus. Rechts von ihm sind weitere Gärten. Die Häuser sehen aus, als würden ihre Bewohner noch schlafen. Gott sei Dank. Ich hoffe nur, dass niemand rausschaut.

Ich laufe zum Zaun am Ende des Gartens, klettere drüber und bin nun in einer Gasse, die hinter den Gärten entlangläuft. Ich bin völlig außer Atem. Dieses Tempo halte ich nicht mehr lange durch und mein Ziel ist noch ziemlich weit entfernt.

Weiter. Ich muss weiter, egal wie. Ich spüre, dass die Typen sich nähern. Ich muss sie nicht sehen. Ich kann sie spüren, wie immer. Ich erreiche das Ende der Gasse, überquere die Straße und laufe die nächste Gasse runter. An deren Ende biege ich rechts ab und renne am Gasthaus zum Fröhlichen Abt und am Fußballplatz vorbei in die nächste Wohnsiedlung.

In einem Vorgarten steht ein Fahrrad. Ich schnappe es mir, springe drauf und fahre los.

Ich bin schon fast zwei Kilometer gefahren, durch weitere Wohnsiedlungen. Keine Spur von Feinden oder Bullen. Aber sie sind immer noch in der Nähe. Das weiß ich. Und allmählich erwacht auch die Welt. Aus den Häusern höre ich Stimmen, Radios, Fernseher. Das Morgenkonzert der Stadt. Nur dass hier keine Vögel singen. In der Stadt hört man keine Vögel. Nur Leute, die ihr gewohntes Leben anschalten.

Und inzwischen sind auch Autos unterwegs.

Frühaufsteher, Leute auf dem Weg zur Arbeit oder sonst wohin. Ich bleibe in dem Wohngebiet, überquere die ruhigen Gassen. Aber durch Lücken zwischen den Häusern sehe ich die Hauptstraße, auf der nun schon einiges los ist. Man braucht mir nicht zu sagen, wo die Typen sind. Ich kann sie riechen. Auch Polizeiautos rollen hin und her. Und jetzt, früher als erwartet, höre ich das, wovor ich am meisten Angst hatte.

Hubschrauber.

Zwei Stück, hoch am Himmel, aber sie sind schon über diesem Teil der Stadt.

Ich werfe das Fahrrad weg und drücke mich an die Wand des nächsten Hauses. Die Hubschrauber kommen näher. Ihr Lärm wird die Leute neugierig machen. Sie werden aus den Häusern kommen, um nachzusehen, was los ist. Eine Haustür geht auf und ein grantiger Alter schlurft zu seinem Gartentor. Sein Nachbar kommt auch aus dem Haus.

»Verdammte Dinger«, schimpft der Alte. »So früh am Morgen.«

»Die suchen wahrscheinlich nach diesem Jungen«, sagt sein Nachbar.

Diese Chance ist zu gut, um sie zu verpassen. Ich flitze seitlich um das Haus und teste die Hintertür. Sie ist nicht abgeschlossen. Ich schlüpfe ins Haus des Alten. Hoffentlich hat er keine Frau. Drinnen ist alles ruhig und der Alte steht immer noch am Gartentor. Ich kann ihn durch die offene Haustür sehen.

Ich will zwei Dinge.

Was zu essen und ein Versteck, bis die Hubschrauber weg sind.

Zuerst in die Küche. Äpfel, Orangen und im Kühlschrank Kuchen. Mist, der Alte kommt zurück. Ich drücke den Kühlschrank zu, stopfe das Essen in meine Taschen, haste den Flur runter und verstecke mich im Garderobenschrank. Ich lehne die Tür nur an. Sie darf nicht zuschnappen.

Ich höre den Alten reinkommen und die Haustür schließen.

Die Hubschrauber sind jetzt so laut, als wären sie direkt über dem Haus. Wenn sie gesehen haben, wie ich hier eingedrungen bin, sitze ich in der Klemme. Und das ist schon möglich.

Das ist gut möglich.

Aber das Dröhnen der Hubschrauber wird wieder leiser.

In der Küche geht das Radio an.

Ich höre die Nachrichten: »Die örtliche Polizei sucht nach zwei weiteren Morden immer noch nach einem etwa vierzehnjährigen Jungen. Der erste Mord geschah im Zentralkrankenhaus, wo der Junge stationär behandelt wurde. Der zweite wurde im Heathside-Viertel verübt, wo eine ältere Dame erwürgt in ihrem Haus aufgefunden wurde. Auch in der Nähe dieses Tatorts wurde der Junge gesehen. Die Polizei warnt die Bevölkerung davor, sich dem Verdächtigen zu nähern. Nach Zeugenaussagen trug er zuletzt …«

Das Radio geht aus. Der Alte hustet trocken. Ich höre ihn am Garderobenschrank vorbeischlurfen und die Treppe raufstapfen. Ich warte eine Sekunde, dann springe ich raus auf den Flur und flitze zur Hintertür. Es sieht so aus, als wäre draußen die Luft rein, aber ich muss vorsichtig sein. Ich öffne die Hintertür, laufe zum Zaun am hinteren Ende des Gartens und beginne drüberzuklettern.

»He, du! Was machst du da?«

Es ist der Alte. Er schaut aus dem Badezimmerfenster, mit der Zahnbürste in der Hand und Zahnpasta um den Mund.

»Was machst du da?«

Nebenan geht noch ein Fenster auf. Es ist der Nachbar, mit dem der Alte am Gartentor geredet hat.

»Ist alles in Ordnung, Mr. Lomax?«

»Da ist dieser Junge! Ich habe ihn erkannt! Die Beschreibung passt!«

Die beiden Männer starren mich an. Ich lasse mich über den Zaun auf die andere Seite fallen. Aber diesmal lande ich nicht in einer Gasse, in der ich mich verstecken kann, sondern auf der Hauptstraße, die voller Autos ist.

Ich renne los.

Aber es ist wie in einem schlechten Traum, in dem man zwar die Beine bewegt, aber nicht vorwärtskommt. Man versucht zu rennen, aber man stolpert und strampelt nur. Ich bekomme Panik. Es ist, als wären jetzt überall Augen, die mich aus den Autos, von den Bürgersteigen und aus den Fenstern beobachten. Und die Hubschrauber kommen wieder angeschwirrt.

Runter in die Unterführung, durch zur anderen Straßenseite, vor bis zu den Läden, dann links in die Castle Mews. Ein Junge bringt Zeitungen zum Haus am Ende der Straße. Er ist zwischen dem Gartentor und der Haustür. Sein Fahrrad lehnt draußen am Gartenzaun. Ich springe drauf und fahre davon. Kein Geschrei hinter mir. Er hat mich noch nicht gesehen.

Und jetzt bin ich um die Ecke. Ich trete kräftig in die Pedale. Es sind noch anderthalb Kilometer, Bigeyes. Mehr nicht. Wenn ich es bloß schaffe, ungesehen hinzukommen. Da oben sind immer noch die Hubschrauber, aber sie haben nach links abgedreht, fliegen also wieder in die falsche Richtung.

Ich fahre auf den Bürgersteig. Ich muss dicht bei den Häusern bleiben, nicht nur wegen der Hubschrauber und meiner Feinde, sondern auch wegen der Gangs. Wie gesagt, das ist eine miese Gegend. Trixis früherer Abenteuerspielplatz. Hier treiben sich üble Typen rum. Und da vorne sind schon zwei. Fies aussehende kahl rasierte Rowdies, die den Weg versperren. Sie sind sechzehn oder siebzehn. Ich habe sie früher schon hier gesehen.

Und sie haben mich gesehen.

»Da ist Slicky!«, ruft einer.

Ich fahre vom Bürgersteig runter, aber plötzlich sind da noch vier von der Gang. Sie blockieren die Straße. Ich bremse, reiße das Fahrrad rum und strample den Weg wieder zurück. Ich höre schnelle Schritte hinter mir, aber ich habe einen Vorsprung und kann mich absetzen.

»Slicky!«, grölen sie mir höhnisch hinterher. »Slicky! Slicky!«

Ich fahre um die Ecke in die nächste Straße. Ich bin so müde, Bigeyes, so verdammt müde. Am liebsten würde ich mich einfach fallen lassen, schlafen, ausruhen, sterben, was auch immer. Aber ich kann nicht. Ich muss mein

Ziel erreichen und wegkommen. Ich muss weiter daran glauben, dass ich es schaffe, irgendwie. Am Ende der Straße fahre ich nach rechts, dann die nächste runter und wieder rechts.

Ich schaue mich um. Ich bin mir ziemlich sicher, dass ich der Gang entwischt bin. Das hoffe ich jedenfalls. Am Ende der Straße nach links. Die Luft ist rein. Nur noch einen knappen Kilometer. Weiter, weiter. Und jetzt halt an, atme durch, denk nach. Okay, Bigeyes, schau nach vorn. Dort sind ein paar Häuser mit Gärten. Und weiter hinten ist ein Park mit einem Wäldchen.

Wir sind fast da.

Ich stelle das Fahrrad hinter einer Mauer ab.

Ja, ich weiß, du hältst das für eine schlechte Idee. Aber ich bin hier draußen zu leicht zu sehen. Ich muss von der Straße weg, und zwar gleich. Ich muss sichergehen, dass mich ab hier niemand sieht. Ich schaue mich um, klettere über die Mauer und laufe parallel zur Straße weiter.

Kopf runter, Bigeyes, und horche nach Fahrzeugen. Wir müssen außer Sicht bleiben, falls irgendwas vorbeikommt. Diese Straße ist zwar ruhig, aber so ruhig auch wieder nicht. Also halte die Ohren offen. Da kommt was. Ich höre einen Motor hinter uns.

Ich ducke mich unter die Mauer. Ich würde gern nachschauen, wer das ist, aber ich wage es nicht. Ich muss warten, Geduld haben. Der Wagen kommt näher. Am Himmel sehe ich die Hubschrauber kreisen, zwar immer noch in einiger Entfernung, aber das will nichts heißen. Wer weiß, wie weit die Leute von da oben sehen können?

Vielleicht beobachten sie mich just in diesem Augenblick.

Der Wagen nähert sich und wird langsamer. Fluchtbereit ducke ich mich noch tiefer. Das Messer blitzt bereits in meiner Hand. Der Wagen hält ganz in der Nähe an. Ich höre, wie eine Tür geöffnet wird, dann ein Männerlachen und ein Geräusch, das ich kenne. Jemand pinkelt über die Mauer.

Er verfehlt mich nur knapp.

Wieder ein Lachen, dann knallt die Tür zu, und der Wagen fährt weiter. Mit gespitzten Ohren laufe ich weiter. Da sind die Häuser. Jetzt muss ich aufpassen. Ich muss einen Bogen um die Grundstücke machen. Hinten haben die Gärten hohe Zäune, deshalb hoffe ich, dass mich von den Häusern aus niemand sieht.

Ich nähere mich dem ersten und schaue mich um. Es ist niemand zu sehen, aber ich höre Kinder in einem der Nachbargärten spielen. Ich schleiche zum hinteren Ende des Grundstücks, laufe hinter den Gärten vorbei und werfe einen prüfenden Blick zu den Häusern zurück. Niemand schaut aus den oberen Fenstern. Ich husche wieder zur Mauer rüber und laufe an ihr entlang weiter, in Richtung Park.

Ich sage dir was, Bigeyes. Wenn ich dieses Wäldchen sehe, gerate ich ins Träumen. Es ist wie ein Zufluchtsort. Wenn wir nur ungesehen hinkommen. Dann haben wir eine Chance. Mist, noch ein Wagen. Hinter uns, wie der letzte.

Aber dieser ist größer. Vermutlich ein Van. Und nun wird er ebenfalls langsamer. Ich ducke mich wieder unter die Mauer, kauere mich zusammen und warte. Etwas sagt mir, dass das niemand ist, der zum Pinkeln anhält. Der Wagen kommt langsam näher, dann rollt er vorbei und bleibt ein Stück weiter vorne stehen, mit laufendem Motor.

Irgendwie habe ich das Gefühl, dass das keine normalen Feinde sind. Ich kann nicht erklären, warum. Aber es droht Ärger.

Frag mich nicht, wie ich das weiß.

Der Motor heult auf und der Wagen fährt weiter. Bald ist er nicht mehr zu hören. Ich spähe über die Mauer. Kein Zeichen von Gefahr. Da lockt nur der Park mit dem Wäldchen. Los, komm, Bigeyes, jetzt oder nie. Die Hubschrauber sind weg. Es sind keine Autos auf der Straße und niemand beobachtet uns. Eine bessere Chance kriegen wir nicht.

Rüber in den Park, in das Wäldchen.

Endlich.

Okay, bleib dicht bei mir, Bigeyes. Wir laufen nach rechts, durch das Wäldchen zu den Erlen rüber. Wir bleiben auf dieser Seite des Parks. Hier sind die Bäume dicker. Wir müssen vorsichtig sein, Bigeyes. Da drüben links ist eine Wiese mit einem Teich und einem Fußballfeld. Von all dem müssen wir uns fernhalten, falls dort Kinder spielen. Also bleib zwischen den Bäumen.

Lauf weiter, lauf weiter. Jetzt ist es nicht mehr weit. Okay, bleib stehen.

Versteck dich hinter der dicken Eiche und spähe um den Stamm. Siehst du die Kirche da unten in der Senke? Das baufällige alte Ding mit dem verwilderten kleinen Friedhof? Genau, und jetzt schau, was vor dir liegt. Ein kleines Grundstück. Man könnte fast drüberlaufen, ohne zu merken, was es ist.

Aber das ist nicht nur irgendein Stückchen Land, Bigeyes.

Das ist der Ausweichfriedhof.

Er ist nicht besonders beliebt. Hier liegen nur wenige Tote begraben. Aber das ist gut so, denn einer davon ist ein Freund von uns. Komm mit. Rüber zur anderen Ecke. Zu der Weide da. Ich weiß nicht viel über den Mann, der hier unter dieser Weide begraben liegt. Ich kann nur noch den Vornamen lesen: John.

Niemand kümmert sich um sein Grab.

Er hat nie Blumen oder sonst was bekommen. Aber er hat was von uns. Erinnerst du dich noch an den kleinen Bach, Bigeyes? Und an das Loch in der Mauer? Kannst du dir denken, was jetzt kommt? Okay, schau her.

Hinter dem Grabstein, der lockere Randstein da. Er sieht gar nicht locker aus, oder? Aber er ist es. Schau dich um. Vergewissere dich, dass uns niemand beobachtet. Sonst mache ich das nie am helllichten Tag, sondern nur nachts, aus verständlichen Gründen. Aber jetzt habe ich keine andere Wahl.

Zieh den Randstein hoch und greif in das Loch.

Du hast es erraten.

Eine Schatztüte. Zuerst das Geld. Ich zähle es schnell durch. Ja, es ist noch alles da. Zwölfeinhalb Riesen. Und etwas Silbergeld. Ich weiß nicht, wofür ich die Münzen da reingetan habe. Ja, ich weiß, du fragst dich, wie viele dieser kleinen Verstecke ich habe.

Viele, Bigeyes. Ich sage dir, ich habe jede Menge davon, überall in der Stadt. Und in denen ist nicht nur Geld, sondern noch anderes Zeug. Erinnerst du dich an die Diamanten, die ich im letzten Versteck zurückgelassen habe?

Schau her.

Nur ein Diamant. Das ist alles. Aber es ist ein großer.

Schau ihn dir an. Ergötz dich an seiner Schönheit. Er ist mehr wert als all die anderen zusammen. Und ich sage dir was. Da draußen ist jemand, der ihn unbedingt wiederhaben will. Und auch all die anderen Sachen, die ich mitgenommen habe.

Mich will er ebenfalls zurückhaben.

Um jeden Preis.

Aber darüber will ich jetzt nicht reden. Ich stecke das Geld ein, packe den Diamanten zurück in das Loch und ramme den Randstein wieder rein. Und jetzt müssen wir zu unserem Unterschlupf. Nur …

Verdammt! Keine Bewegung!

Stimmen.

Sie sind nahe. Sie kommen aus dem Wäldchen. Ich springe vom Grabstein weg und schaue mich um. Keine Spur von irgendwem, aber ich höre Schritte in der Nähe, und wieder Stimmen. Plötzlich bin ich total angespannt. Denn ich erkenne die Stimmen.

Das sind die Tussis aus Trixis Bande.

Ich höre Sash und Tammy und Xen und Kat. Die suchen bestimmt nach mir. Vielleicht waren die das in dem Van. Ich dachte, sie hätten bereits genug Spaß mit mir gehabt, aber da habe ich mich wohl geirrt. Weiß der Himmel, wie sie mich gefunden haben. Vielleicht hat die Gang von vorhin ihnen Bescheid gesagt.

Sie laufen in unsere Richtung. Ich klettere zur Kirche runter. Wenn ich auf ihre Rückseite komme, kann ich ihnen vielleicht entwischen. Ich husche zum Kirchentor vor und schaue zurück. Jetzt erkenne ich zwischen den Bäumen ein paar der Tussis. Ich glaube nicht, dass sie mich schon entdeckt haben. Ich schleiche geduckt hinten um die Kirche rum, lasse mich zu Boden sinken und warte.

Stille. Eine lange, quälende Stille. Ich schaue raus, über die Wiese. Da ist die kleine Straße, die wir nehmen müssen, um von hier wegzukommen. Wenn wir es bloß bis dorthin schaffen. Im Moment kann ich es noch nicht riskieren. Wenn ich jetzt über die Wiese laufen würde, wäre ich eine leichte Beute. Ich muss warten, Geduld haben. Und hoffen, dass sie verschwinden.

Aber das tun sie nicht.

Ich höre wieder Schritte. Sie laufen an der Seitenwand der Kirche entlang nach hinten. In ein paar Sekunden wird jemand um die Ecke kommen und mich sehen. Aber weißt du was, Bigeyes? Plötzlich ist mir das egal.

Denn ich kann nicht mehr laufen.

Ich kann mich nicht mehr bewegen.

Ich bin am Ende.

Die Schritte nähern sich. Sie sind merkwürdig leise und klingen irgendwie okay. Ich weiß nicht, was das bedeutet. Eine Gestalt taucht an der Ecke der Kirche auf. Sie steht da und blickt zu mir rüber. Und ich merke, dass ich Tränen in den Augen habe. Dumme, verdammte Tränen.

Es ist Jaz.

Sie steht nur da und blickt mich an. Und ich schaue zurück. Nur dass ich sie kaum sehen kann. Meine Augen sind voller Tränen. Ich versuche sie wegzuwischen. Aber ich kann die Hand nicht bewegen. Ich bin wie versteinert.

Ich kann nicht denken, nicht sprechen und keinen Muskel bewegen.

Meine Augen klären sich ein bisschen. Jaz ist immer noch da. Ich möchte, dass sie spricht. Dass sie mir sagt, dass alles in Ordnung ist. Denn als ich sie das letzte Mal sah, hatte sie eine Heidenangst vor mir. Doch jetzt ist es andersherum. Ich habe Angst vor ihr. Vor einem dreijährigen Mädchen. Ich kriege ein paar Worte raus.

»Jaz, ich bin's, Baby.«

Sie kommt langsam auf mich zu und sieht mir dabei weiter ins Gesicht. Plötzlich merke ich, dass ich das Messer in der Hand halte, mit ausgeklappter Klinge. Es ist schon die ganze Zeit in meiner Hand und auf Jaz gerichtet. Aber das scheint sie nicht zu kümmern. Sie kommt einfach her.

»Ich bin's, Baby«, sage ich noch mal.

Sie bleibt stehen, knapp außer Reichweite. Ich lasse

das Messer sinken und zu Boden fallen. Sie wirft einen kurzen Blick darauf, dann sieht sie wieder mich an. Sie sagt nichts. Ich möchte, dass sie spricht, Bigeyes. Ich wünsche mir so sehr, dass sie spricht. Ich will, dass sie mir sagt, dass alles in Ordnung ist.

»Ich werde dich nie wieder erschrecken«, flüstere ich.

Eine Stimme ruft nach ihr, von irgendwo neben der Kirche. Es ist eine Männerstimme.

»Jaz!«

Sie sieht mir noch einen Moment in die Augen, dann dreht sie sich um und läuft zur Ecke der Kirche zurück. Der Kerl ruft wieder nach ihr. Er ist inzwischen näher.

»Jaz!«

Sie erreicht die Ecke, bleibt stehen und blickt zurück. Ich wische mir mit der Hand über die Augen. Sie verschwindet um die Ecke. Jetzt höre ich weitere Stimmen aus dem Kirchhof. Ein paar der Tussis.

»Wo bist du gewesen, Jaz?«

»Wir haben dich aus den Augen verloren.«

»Lauf nicht mehr weg, okay?«

Keine Antwort von der Kleinen.

Ich rappele mich hoch, schleiche die Rückwand entlang und spähe um die Ecke. Sechs Gestalten entfernen sich. Jaz, Sash, Tammy, Xen, Kat und der Typ. Ich erkenne ihn sofort.

Riff.

Der Schleimer. Der Kerl, der uns damals gefolgt ist und uns an Paddy und seine Kumpels verpfiffen hat. Plötzlich dreht er sich um. Ich rühre mich nicht. Es wäre gefährlicher, jetzt zurückzuzucken. Ich halte ganz still. Er blickt rüber, als würde er sich fragen, wo die Kleine gewesen ist. Er weiß, dass sie hinter die Kirche gelaufen ist.

Ich glaube nicht, dass er mich entdeckt hat. Aber ich sehe ihn gut. Er wirkt so schmierig wie immer. Ich schätze, dass er und die Tussis in dem Van gesessen haben. Und ich sage dir noch was, Bigeyes. Sie waren auf der Suche nach mir und das sind sie immer noch.

Keine Spur von Bex. Vielleicht haben sie sie umgebracht. Aber sie haben immer noch die Kleine. Schau sie dir an, Bigeyes. Sie ist wie eine kleine Blume. Schönheit inmitten von Abschaum. Wenn diese Bande ihr was tut, bringe ich alle um. Und wenn es das Letzte ist, was ich in meinem Leben tue.

Riff schaut immer noch in meine Richtung. Ich frage mich langsam, ob er mich doch entdeckt hat. Aber dann dreht Sash sich um und ruft: »Komm endlich, Riff!«

Und er folgt den Tussis wie ein braver Junge. Er ist immer ein Feigling gewesen. Ich sehe ihnen nach und behalte Jaz im Auge, so lange ich kann. Aber dann sind sie weg. Ich ziehe mich dorthin zurück, wo ich war, und lasse mich wieder zu Boden sinken.

Und nun kommen mir wieder die Tränen. Ich werde Jaz nicht wiedersehen. Meine Feinde und diese Mädchenbande machen mir Angst, aber die Kleine schafft mich. Frag mich nicht, warum. Sie ist nicht mein Kind. Sie ist nicht mal das Kind von Bex.

Sie ist das Kind der toten Trixi. Und irgendeines nichtsnutzigen Vaters, der sich abgesetzt hat. Sie hat niemanden. Nur die Tussis und Riff und weiß der Himmel wen noch. Ich kann ihr nicht helfen. Und sie kann mir nicht helfen.

Aber ich muss ständig an sie denken.

Das bringt nichts. Ich muss sie aus meinem Kopf verbannen. Ich muss an mich denken und schauen, dass ich wegkomme. Ich habe es schon so weit geschafft und mein Ziel ist nah. Gut drei Kilometer von hier ist eine Autobahnraststätte. Ich muss nur hinkommen, auf dem Parkplatz einen geeigneten Lastwagen finden und mich hinten reinschmuggeln.

Und nach Norden fahren. Oder nach Süden. Oder sonst wohin. Ich kann es schaffen, Bigeyes. Ich kann von hier verschwinden. Ich muss nur aufpassen, dass mich niemand sieht, und zur Autobahnraststätte kommen. Also warum denke ich immer noch an Jaz?

Warum tue ich das, Bigeyes?

Ich will nicht an Jaz denken, und auch nicht an Bex oder die liebe Becky oder dich oder sonst wen. Ich will nur an mich denken, okay? Das Problem ist, dass ich nicht mal das kann. Nicht richtig. Ich sehe auch noch dauernd diese anderen Gesichter. Alle. Mehr als ich zählen kann. Sie gehen mir nicht aus dem Kopf.

Noch mehr verdammte Tränen. Ich wische mir mit dem Ärmel über die Augen. Die Wunde tut wieder weh, Gott sei Dank. Denn ich will lieber an sie oder sonst was denken. Ich fasse an das Pflaster. Es ist nass, aber es hält noch, gerade so. Ich bin inzwischen zum Umfallen müde.

Ich muss mich auf meinen Plan konzentrieren. Ich muss Jaz und alle anderen vergessen und mich nur auf meinen Plan konzentrieren. Ich muss ihn durchziehen. Das ist jetzt das Wichtigste. Ich muss mich zum Versteck durchschlagen, essen, ausruhen und warten, bis es dunkel wird. Und dann zur Autobahn laufen und verschwinden.

Ich hebe das Messer auf, klappe es zu und stecke es weg. Meine Taschen sind jetzt ganz vollgestopft. Ich setze die Kapuze auf, schleiche zur Seite der Kirche und schaue mich um. Keine Spur von irgendwem. Zurück zum Ausweichfriedhof und zwischen die Bäume. Ich laufe quer durch das Wäldchen auf die Straße zu. Jetzt höre ich wieder einen Wagen.

Ich kauere mich hin und spähe durchs Gebüsch.

Ein Van fährt zurück in die Stadt. Sein Motor klingt genau wie der, den ich vorhin gehört habe. Und ich hatte recht. Es ist die Bande. Ich erkenne Tammy auf dem Beifahrersitz und Riff am Steuer. Ich sehe ihnen nach, bis sie weg sind.

Ich denke wieder an Jaz. Sie sitzt in diesem Van, außer Sicht. Und ich kann nicht mit ihr reden, Bigeyes. Ich kann nichts in Ordnung bringen. Los, komm. Wir müssen hier raus. Diese Stadt bedeutet nur noch Schmerz.

Ich laufe nach links, zum Zaun runter, und schaue mich um. Die Luft ist rein. Über den Zaun auf die Wiese. Wir müssen zu der kleinen Straße da drüben, aber wir halten uns von der Hauptstraße fern, okay? Wir überqueren die Wiese. Dieser Teil ist der beste. Hier ist das Gras am höchsten. Aber wir müssen aufpassen. Wir sind immer noch leicht zu sehen, wenn jemand von der Anhöhe hinter uns runterschaut.

Der Schmerz in meinem Kopf wird schlimmer, während ich durch die Wiese laufe. Ich mache eine Verschnaufpause. Ich fühle mich jetzt total schwach, wie ein Wrack voller Probleme, die mich fertigmachen. Es ist nicht nur Jaz. Es ist der ganze Mist, der mir einfällt, wenn ich an sie denke. Ich weiß nicht, warum. Sie kann nichts dafür. Sie ist bloß ein Kind. Sie hat kein Wort gesagt. Sie hat mich nur mit diesen Elfenaugen angeschaut. Aber sie hat etwas in mir geöffnet.

Und ich habe Angst vor dem, was da drin ist.

Weiter, verdammt, ich muss in Bewegung bleiben. Vielleicht hilft mir das dabei, mit dem Denken aufzuhören. Die halbe Wiese ist geschafft und dort ist die kleine Straße. Siehst du die Mauer? Die Straße ist dahinter. Aber wir können sie noch nicht benutzen. Nicht bei Tag. Wir müssen warten, bis es dunkel wird. Aber ich weiß ein Versteck.

Rauf zur Mauer. Ich schaue mich um. Keine Spur von irgendwem, der uns beobachten könnte. Jetzt müssen wir besonders vorsichtig sein. Wir müssen außer Sicht bleiben. Kein Mensch darf uns sehen. Wir bleiben auf dieser Seite der Mauer und folgen der Straße nach links.

Nur ein Stück. Das Versteck ist nicht weit von hier. Dort können wir uns ausruhen, bis es dunkel wird. Aber wir müssen uns ducken, unterhalb der Mauer bleiben. Es ist eine ruhige Straße, aber wir gehen kein Risiko ein. Nicht jetzt, wo wir so nahe dran sind.

Weiter, dicht an der Mauer entlang. Duck dich tiefer, Bigeyes. Bleib unten. Die Wiese ist auch gefährlich. Das Gras wird bald dünner. Aber ich hoffe, dass wir hier trotzdem einigermaßen sicher sind. Die Wiese wird weiter vorne breiter, sodass wir vom anderen Ende aus wohl kaum zu sehen sind.

Jetzt wird die Wiese immer breiter. Schau nach vorn, ein paar Kilometer. Siehst du die Anhöhe dort? Unterhalb davon verläuft die Autobahn. Diese kleine Straße führt unter ihr durch und von dort ist es nur ein Katzensprung bis zur Raststätte. Aber da gehen wir erst später hin. Jetzt schau vor dich. Dichtes Gebüsch, und dann macht die Mauer einen Bogen nach rechts, siehst du? Okay, lauf weiter, dicht an der Mauer entlang – und jetzt schau da.

Eine kleine Bogenbrücke.

Und darunter ein Graben.

Das ist das Versteck. Unter der Brücke. Ich habe da schon mal geschlafen. Und da können wir jetzt wieder unterkriechen. Ich folge der Mauer um die Kurve, bleibe an der Brücke stehen und schaue mich um. Alles ist ruhig und still. Abgesehen von …

Horch mal, Bigeyes.

Vogelgezwitscher.

Ich habe gesagt, in der Stadt würden keine Vögel singen. Aber jetzt höre ich einen. Du auch? Das ist eine Amsel. Ganz eindeutig. Eine schwarze Schönheit. Und sie klingt so fröhlich. Als wäre alles gut und so, wie es sein sollte.

Warum heule ich dann wieder, Bigeyes? Kannst du mir das sagen?

Vielleicht weil ich tief im Innern weiß, dass es nicht funktionieren wird. Ich werde nie frei sein, nicht wirklich.

Denn selbst wenn ich aus der Stadt rauskomme, wenn ich alle Orte hinter mir lasse, wo ich je war, bleibe ich der, der ich bin.

Ich werde nie so frei sein wie diese Amsel.

Aber ich muss trotzdem weg, Bigeyes, ob ich will oder nicht.

Ich muss trotzdem weg.

Runter in den Graben und unter die Brücke. Ich setze mich auf einen Stein, hole die Äpfel, die Orangen und den Kuchen raus und wische mir die Augen. Das wär's fürs Erste, Bigeyes. Mehr können wir jetzt nicht tun. Wir bleiben hier hocken. Wir essen, ruhen uns aus und warten.

Und wenn es dunkel wird, verschwinden wir.

Aber so einfach ist es nicht, stimmt's? Es ist nie so einfach. Ehrlich gesagt, bin ich nicht einmal überrascht. Ich hab's mir fast gedacht. Es ist dunkel geworden. Und mit der Dunkelheit kam ein Licht.

Und eine Menge neuer Ängste.

Stell dich auf die Brücke und schau die Straße runter, Bigeyes. Nicht zur Autobahn rüber, sondern in die Richtung, aus der wir gekommen sind. Dorthin, wo sie auf die Hauptstraße aus der Stadt trifft. Dann folge der Hauptstraße einen halben Kilometer nach links.

Siehst du das Licht?

Das einzelne Licht?

Gerade ist es ausgegangen. Wahrscheinlich hast du es nicht mehr gesehen. Aber ich schon. Und ich weiß, was für ein Licht das war. Das war der Scheinwerfer eines Motorrads. Und ich sage dir noch was. Wer da auch draufsitzt, er weiß, wo wir sind.

Und das bedeutet, dass andere Leute es auch wissen.

Du denkst, das ist nur ein Motorrad. Da könnte sonst wer draufsitzen. Das hat nichts mit uns zu tun. Aber du irrst dich. Das sind Feinde. Und es werden noch viel mehr kommen. Diesmal werden sie nichts riskieren. Und sie werden nicht nur da drüben sein, sondern überall um uns rum. Sie werden einen ganz großen Kreis bilden und ihn immer enger ziehen.

Ich kann sie noch nicht sehen. Es ist zu dunkel. Keine Sterne und kein Mond heute Nacht. Das macht es uns schwer. Denen zwar auch, aber sie haben es leichter als wir, weil sie so viele sind. Sie werden den Kreis bis zur Autobahn und um die Wiesen ausdehnen und sich dann langsam aus allen Richtungen nähern.

Wir werden sie erst in der letzten Minute sehen.

Vielleicht hat Riff ihnen einen Tipp gegeben, wie das letzte Mal. Ja, wahrscheinlich hat er mich wieder verpfiffen. Er hat mich wohl doch entdeckt, als ich Jaz um die Ecke der Kirche herum nachgeschaut habe. Er hat so getan, als hätte er nichts gesehen und ist weggefahren. Dann hat er sie angerufen und ihnen gesteckt, wo ich bin. Und jetzt lassen sie sich Zeit. Aber sie sind alle auf ihrem Posten. Wahrscheinlich haben sie bereits angefangen, die Umgebung zu durchkämmen.

Es ist zum Verzweifeln.

Los, komm, Bigeyes. Hier können wir nicht bleiben.

Wir laufen die Straße runter. Ja, ich weiß. Du denkst, in der Wiese wären wir geschützter. Aber die würde uns jetzt nicht genug Deckung bieten. Glaub mir. Die Wiese ist nur eine große, offene Fläche.

Die Straße ist allerdings auch nicht viel besser.

Aber gleich da vorn kommt ein kleines Dorf. Es besteht nur aus ein paar Häusern und einem längst geschlossenen Laden. Aber dort ist noch was. Und deswegen will ich da hin. Das wird mir nicht das Leben retten. Aber inzwischen habe ich eh keine Hoffnung mehr, mit dem Leben davonzukommen. Lauf weiter, bleib wachsam. Diesmal können wir ihnen nicht entwischen. Das weiß ich. Aber ich will sie kommen sehen. Ich will ihre Gesichter sehen.

Immer noch keine Spur von ihnen. Nur die dunkle Straße, die sich dahinwindet. Die Amsel ist auch irgendwo da draußen. Das ist ein tröstlicher Gedanke. Ich frage mich, was sie gerade tut. Ich hoffe, sie hat es sich in einer Baumkrone gemütlich gemacht, um morgen wieder zu singen.

Da ist wieder das Licht, Bigeyes.

Hinter dir, siehst du es? Der Scheinwerfer des Motorrads. Es hat sich bewegt, aber es hält sich immer noch im Hintergrund. Ich habe nicht mal den Motor gehört. Meine Aufmerksamkeit scheint nachzulassen. Das Licht ist schon wieder aus. Aber jetzt sehe ich Gestalten in der Dunkelheit rumschleichen.

Sie sind früher da, als ich dachte.

Schau dich um. Ich hab's dir doch gesagt. Ein ganz großer Kreis. Draußen auf den Wiesen, ringsherum. Sie sind sicher in Scharen gekommen. Ich kann nur noch nicht alle sehen. Vielleicht haben sie mich noch nicht entdeckt. Aber das ist nur eine Frage der Zeit. Hier können sie mich nicht übersehen. Ich bin tot, Bigeyes. Diesmal gibt es keinen Ausweg.

Aber eins kann ich noch tun.

Wenn ich schnell bin.

Da ist der kleine Ort. Die Häuser stehen etwas abseits von der Straße. In keinem brennt Licht. Als wüssten die Leute drinnen, dass Ärger droht. Aber woher sollten sie das wissen? Sie haben bestimmt keine Ahnung. Wahrscheinlich schlafen sie schon. Es sind alte Leute, die da wohnen. Ich habe sie schon gesehen. Ich bin froh, dass sie gemütlich in ihren Betten liegen. Ich hoffe, sie bleiben dort.

Es sind schon zu viele Leute wegen mir gestorben.

Weiter zu dem zugenagelten Laden. Und hier ist das, weshalb ich hergekommen bin.

Die Telefonzelle.

Hoffentlich funktioniert sie noch. Ich öffne die Tür und checke, ob ein Freizeichen kommt. Ja, das hört sich gut an. Jetzt bin ich froh, dass ich auch ein paar Münzen in meinem Versteck hatte. Ich krame sie raus. Es sind nicht viele, aber genug. Denn in zwei Minuten bin ich wahrscheinlich eh tot. Aber zuerst muss ich die Nummer rausfinden.

Ich werfe ein paar Münzen ein und wähle die Auskunft. Eine Frau meldet sich und beginnt ihr Sprüchlein runterzurasseln. Ich falle ihr ins Wort.

»Geben Sie mir die Nummer der Krone in der South Street.«

»Welche Stadt?«

Ich sage es ihr. Sie verstummt. Durch die Glaswände der Telefonzelle beobachte ich die Dunkelheit draußen. Die Frau meldet sich wieder.

»Soll ich Sie gleich verbinden?«

»Ja, aber schnell.«

»Es besteht kein Grund, so ...«

»Stellen Sie mich einfach durch, okay?«

Sie schnaubt, aber sie verbindet mich. Ich höre ein Telefon klingeln, dann eine andere Frauenstimme.

»Gasthof Krone, hallo?«

Ich hole tief Luft. Ich muss höflich klingen, sonst legt sie gleich wieder auf.

»Kann ich bitte mit Jacob sprechen?«

Ich hoffe inständig, dass sie ihn einfach ans Telefon holt. Sie antwortet nicht. Ich höre Gemurmel im Hintergrund, Kneipengeräusche. Dann einen alten Mann mit rauer Stimme und irischem Akzent.

»Hier ist Jacob.«

»Ich muss mit Mary sprechen.«

Stille. Ich versuche es noch mal.

»Bitte, ich muss dringend mit Mary sprechen.«

»Ich kenne keine Mary.«

»Mary oder Lily oder wie sie sich sonst nennt. Sagen Sie ihr, dass ein Freund von Buffy dran ist.«

Erneut Stille. In einiger Entfernung sehe ich wieder den Scheinwerfer des Motorrads. Er ist näher als vorhin, aber er bewegt sich nicht. Er geht wieder aus. Ich sehe Schatten, die sich in den Ort bewegen.

Aus dem Hörer fragt eine Stimme: »Blade?«

Es ist Mary. Und nun kann ich nicht sprechen.

»Bist du das?«, fragt sie.

»Ja.«

Ich beobachte die Schatten. Sie sind ein Stück weiter hinten stehen geblieben. Ich bin mir ziemlich sicher, dass sie mich inzwischen gesehen haben. Sie warten nur.

Wahrscheinlich bis alle da sind, um sicherzugehen, dass ich ihnen nicht entwischen kann. Ich drehe mich um und blicke in die andere Richtung.

Auch hier sind weitere Schatten aufgetaucht und stehen geblieben. Und über die Wiesen nähern sich noch mehr. Mary spricht wieder, leise und bedächtig.

»In den letzten vierundzwanzig Stunden sind zwei Morde geschehen.«

»Das war ich nicht. Aber …«

»Aber was?«

Ich antworte nicht. Ich kann nicht.

»Aber was?«, fragt sie erneut.

Ich bringe immer noch kein Wort raus. Sie spricht wieder.

»Aber du weißt etwas darüber? Meinst du das?«

Schweigen.

»Oder meinst du vielleicht etwas anderes?«, fragt sie. »Vielleicht … dass du selbst so etwas getan hast?«

Jetzt bin ich vor Schreck wie gelähmt. Aber es ist zu spät. Ich kann nicht zurück. Sie hat mich durchschaut, obwohl ich gar nichts gesagt habe.

»Du hast jemanden getötet, nicht wahr?«, fragt sie.

»Ich muss weg.«

»Vielleicht mehr als eine Person.«

»Ich muss weg.«

»Warum hast du dann noch nicht aufgelegt?«

Ich weiß auch nicht, warum, Bigeyes.

Nach einem kurzen Schweigen spricht sie wieder.

»Warum hast du mich angerufen?«

»Sie haben mir gesagt, wo ich Sie erreichen kann. Sie haben mir versprochen, dass Sie mir zuhören. Auch wenn Sie mir nicht helfen können.«

»Ich höre dir zu.«

Nur dass ich jetzt nicht sprechen kann, Bigeyes. Ich kann nichts sagen. Ich weiß eh nicht, was ich Mary eigentlich erzählen wollte. Vielleicht wollte ich ihr nur sagen … Ich weiß nicht … dass ich nicht durch und durch böse bin.

Aber vielleicht bin ich das doch. Vielleicht bekomme ich deshalb kein Wort raus.

»Blade«, sagt sie. »Du musst dich stellen. Hörst du? Du musst dich dem Gesetz stellen, und dir selbst.«

»Ich habe zu viel getan.« Ich sehe die Schatten näher kommen. »Zu viele schlimme Sachen.«

»Dann musst du aufhören, davonzurennen. Das bringt nichts in Ordnung. Du hast mich angerufen, weil du dich schlecht fühlst. Weil du ein Gewissen hast. Das ist gut. Das spricht für dich. Deshalb mach nun den nächsten richtigen Schritt. Geh zur Polizei. Erzähle denen alles, was du getan hast, und übernehme die Verantwortung dafür.«

Weitere Schatten. Zu viele, um sie zu zählen. Sie sind überall um mich rum. Eine Mauer aus Feinden, die vor nichts zurückschrecken.

Mary spricht wieder.

»Zwei Vermutungen von dir stimmten.«

Ich antworte nicht. Ich beobachte die Schatten, die langsam vorrücken.

»Das war nicht mein Bungalow«, fährt sie fort. »Er gehört einer Familie, die ich in den Urlaub aufbrechen sah. Ich war gerade angekommen und brauchte dringend eine Bleibe. Ein sicheres Versteck. Ich sah, wie die Familie einen Bus zum Flughafen nahm, und schrieb ihre Adresse von einem Kofferanhänger ab. Ich hatte ein schlechtes Gewissen, weil ich einfach ihren Bungalow benutzte. Aber ich sah mich dazu gezwungen. Weil die andere Vermutung von dir auch richtig war.«

»Sie sind auf der Flucht.«

»Ja, aber nicht vor der Polizei. Vor anderen Leuten. Ich kam in diese Stadt, um jemanden zu suchen. Mehr sage ich nicht dazu. Nur, dass ich keine Kriminelle bin. Deshalb bin ich auch keine Heuchlerin, wenn ich dir dringend rate, dich der Polizei zu stellen.«

»Dafür ist es zu spät.«

»Aber nein. Ruf dort an. Jetzt gleich.«

»Der einzige Mensch, den ich je anrufen wollte, sind Sie.«

Ich weiß nicht, warum ich das gesagt habe. Es klingt idiotisch. Die Schatten kommen immer näher.

»Du wirst mich nicht mehr lange anrufen können«, sagt Mary.

»Warum nicht? Gehen Sie fort?«

»Sozusagen.«

»Was soll das heißen?«

Sie ist einen Augenblick still. Dann spricht sie wieder. Ihre Stimme klingt so sanft, so irisch, so schön.

»Mit anderen Worten … der Arzt gab mir drei Wochen, und das war vor vier Wochen.«

Es piepst im Telefon. Ich werfe schnell noch eine Münze ein.

»Blade«, sagt sie. »Geh zur Polizei. Bitte. Tu das Richtige. Tu es für mich. Tu es für dich selbst.«

Plötzlich ist die Verbindung weg. Mary hat aufgelegt. Ich stoße die Tür auf und trete auf die Straße raus. Sie ist nun voller dunkler Gestalten. Keine Taschenlampen, keine Gesichter. Nur Abschaum, der auf mich zukommt.

Und dann höre ich es.

Das Dröhnen des Motors. Ein Lichtstrahl erfasst mich. Ich starre die Straße runter, an den bedrohlich nahen Gestalten vorbei, und da ist das Motorrad. Es ist mächtig groß und laut, ein Monster von einer Maschine. Ich sehe den vornübergebeugten Fahrer. Sein Helm glänzt im Dunkeln.

Das Motorrad nähert sich röhrend der Mauer aus Feinden. Sie drehen sich um und bleiben breitbeinig stehen, aber es scheucht sie auseinander, als es ihre Mauer durchbricht. Und nun rast es direkt auf mich zu. Ich mache einen Satz rückwärts und presse mich gegen die Telefonzelle. Die Schatten bewegen sich wieder vorwärts, aber ich beobachte das Motorrad.

Es hält mit quietschenden Bremsen neben mir an.

»Steig auf!«, ruft der Fahrer.

Ein Mann mit einer heiseren Stimme. Ich kann sein Gesicht nicht sehen, aber das ist mir egal. Im nächsten Augenblick sitze ich auf dem Motorrad und klammere mich fest, weil er bereits wieder Gas gibt. Nun kommen meine Verfolger von allen Seiten angerannt. Ich halte mich weiter fest und sehe, wie sie sich drohend vor uns auf der Fahrbahn aufbauen. Diesmal werden sie nicht ausweichen. Ich ducke mich, auf Schläge gefasst.

Aber mich trifft keiner. Mit aufheulendem Motor durchbrechen wir ihre Reihen. Vor uns erstreckt sich die Straße, vom Lichtstrahl des Scheinwerfers erleuchtet. Wir rasen weiter durch die Nacht, in eine Dunkelheit hinein, die mir Angst macht.